JN308173

二見文庫

人妻・奈津子 他人の指で…

霧原一輝

目次

人妻・奈津子 他人の指で…

第一章　闖入者

1

芦川奈津子《あしかわなつこ》は息子を小学校に送り出すと、リビングと息子の部屋の掃除を済ませて、洗濯物を干そうと二階にあがった。

ベランダから見える木々は燃えるような赤に色づいていた。

一陣の風が通りすぎていき、奈津子は髪が乱れるのを感じながら、風を孕《はら》んでめくれそうになったスカートを押さえた。

ざわざわっとたなびいた赤い葉っぱが、一枚、また一枚と舞い落ちていく。

（もう、秋も終わりなんだわ）

ふいにやりきれない寂しさに襲われて、奈津子はベランダの手摺りをぎゅっと握りしめる。

こんなはずではなかった。

夫の芦川武司《たけし》はこの自宅以外にも、会社がある都心に賃貸マンションを持っていて、この十日ほど帰ってきていない。

仕事の多忙さを理由にあげているが、実際はそうではないことも知っている。

夫には、若い愛人がいる。

彼女も、会社の代表にせまられれば、いやとは言えないのだろう。自分もそうだったように。

夫はＩＴ関連の会社を興《おこ》し、その社員であった奈津子は、二十五歳で夫に見そめられて結婚をした。八年前のことだ。

そして、当時三十九歳だった夫は再婚で、すでに中学生の娘もいた。だが、娘の蛍子《けいこ》は別れた妻が引き取っていて、そのおかげもあって、二人だけの新婚生活を送ることができた。

最初はよかった。

多忙ななか夫はマンションを出るときは、必ず行ってきますのキスをしてくれたし、きちんとマンションに帰ってきた。奈津子は夫のために精根を込めた手料理を作った。そして、夫は夜も情熱的に愛してくれた。

やがて、奈津子が子供を宿したとき、夫は心から喜んでくれて、子供のために郊外に引っ越そうと言った。二人で相談をし、東京都下ではあるけれど、自然が豊かで文化施設もととのっていて、まさに子供を育てるにはうってつけのS市に、一戸建てのマイホームを建てた。

敷地が広く、隣家とも離れていて、赤ん坊の泣き声で隣家に気を使う必要もなく、プライバシーが保証された最高の棲家だった。

だが、家が郊外にあることが、のちに夫が羽目を外すのを許す原因になろうとは、当時思いもつかなかった。

また風が吹いて、赤い葉っぱがくるくると舞いながら地面に落ちていき、その落ちていく姿に奈津子は自分自身を重ね合わせた。

まだ、三十三歳だというのに、自分は女としての役目を終えようとしている。

夫とは、この一年あまり性交渉がない。

たまに家に帰ってきたときにも、奈津子には冷たい態度を取る。いや冷たい態度ならまだ救われただろう。

夫が自分に関心を持ってくれなくなったのはいつからだろう？　まるで、そこに奈津子がいないように振る舞い、寝室でも手を出そうとしない。

この人の心には、すでにわたしはいないのだ——。

認めたくないことだが、否定できない事実だった。

(わたしには友基《ともき》がいる。それで充分じゃないの。今は子育てに集中しよう)

今、小学校で授業を受けている六歳の息子のことを思い、自分を叱咤して、籠から洗濯物を取り出す。

友基の小さな下着や服を干していると、たそがれている場合ではない、子供を育てていくのは大変なことなのだから、と身が引き締まる。

それでも、洗濯物のなかに夫の下着や服がないことに、どうしようもない寂しさを感じてしまうのも事実だ。

自分の下着は見えないように周囲を覆って干し、風に飛ばされないように確認をして、部屋に入る。

そこは、夫婦の寝室だ。

サッシ窓を閉め、空になった洗濯籠を置くと、奈津子はベッドを直す。

今朝は起床がぎりぎりの時間だったので、ベッドを抜け出したときのままになっている。

めくれあがったベッドカバーを直していると、ふと寂しさが募ってきた。

夫が帰ってきた十日前から、このベッドは奈津子だけが使っている。息子の友基は小学校にあがってからは、「ひとりで寝る」と妙な自立心をのぞかせて、今は子供部屋で寝ている。

クイーンサイズの大きなベッドにひとりで寝ることの侘《わび》しさは、それを体験した者にしかわからないだろう。

「うっ、うっ、うっ……」

身を支えていられなくなって、ベッドに崩れ落ちる。

ベージュのベッドカバーにうつむけになり、手を口にあてて、必死に嗚咽《おえつ》をこらえた。

ひとしきり泣いた後に、ふっと、夫の使っている整髪料の香りがした。

（どうしたのかしら？）

香りのもとをさがすと、どうやら、枕カバーらしい。

きちんと洗っているので匂うはずはないのだが、鼻を近づけると、確かに、夫の使っている整髪料のツンと鼻を刺すような香りがする。

（洗剤が足らなかったのかしら？）

自分の至らなさを思う。だが、そのエタノールの強い香りが、夫との愛の交歓を思い出させる。

決して満たされているわけではない、むしろ、渇望感の強い愛の営みだった。

だが、この髪の匂いだけには特別な思い入れがあった。

おそらく、初めて夫を受け入れ、無我夢中で彼を抱きしめたとき、頭髪から放たれていたその強いフレグランスが性的な昂りと結びついたのだろう。

奈津子は夫の枕に顔を埋めて、大好きな香りを吸い込んだ。

匂いの微粒子が呼吸をするたびに全身にまわっていき、肌が汗ばみ、下半身が火照ってくる。

ちょっと腰を持ちあげて、右手をスカートの上から太腿の奥にあてがうと、ジンとした熱い痺れが起こった。

ヴィーナスの丘から下側に向かって手のひらを当てて、身体を左右に横揺れさせる。その圧迫感と微妙な刺激が心地よかった。

ひとりで慰めることの罪悪感はさほどない。あるのは、夫のある身でこっそりとオナニーをする自分への侘《わび》しさだ。

（惨めだわ……）

この頃はひとりで身を慰めることが多くなっている。

三十歳を過ぎてから、身体が変わってきたような気がする。若い頃はクリトリスでは気を遣《や》れるものの、膣本体はあまり感じなかった。

そして、挿入されて、膣の刺激で昇りつめたことはなかった。いつももう少しのところで、境界線を超えることができないでいた。

だが、三十路を迎えてから、ようやく内部でも感じるようになった。そこが、男を求めてうごめくのが自分でもわかった。

もう少しで、膣でも昇りつめることができそうだった。ちょうどその頃、夫との性交渉が減り、奈津子の欲望は宙吊りになっていた。だからきっと――。

恥丘に手のひらをぐっと当てて、船揺れのように腰を左右に振ると、当初は感じていた惨めさがにっちもさっちもいかない性感の昂りへと変わっていった。

そんなはずはないのだが、見られているような気がして、ベッドを降り、カーテンを閉めた。

カーテンが秋の陽光を遮って、途端に室内が暗くなり、それが奈津子を大胆にさせる。

セーターを頭から脱いで、スカートをおろした。

シルクベージュのブラ付きスリップをつけていた。パンティストッキングは穿いていない。

壁に立てかけてある姿見に、自分の姿が映っている。

そこに目が行ってしまうのは、女のどうしようもない性《さが》なのだろうか？

部屋は薄暗く、照明も点いていない。それでも、まだ昼間だからどこからか明かりが忍び込んできて、自分の姿くらいは見える。

シルクベージュのスリップは片方の肩紐が外れている。そして、両手を胸前で交差させた女は、まだ三十三歳だというのに、どこかくたびれて見える。

漆黒の光沢のある髪は柔らかくウエーブして、肩や胸に垂れかかっている。

胸はDカップで、ヒップもちょうどいい大きさだと、夫には言われる。全体のラインもまったく崩れていないと思う。むしろ、若い頃よりも幾分肉がついて、女らしい身体つきになったような気がする。

自分の身体は女の盛りを迎えようとしている。なのに、全体にくたびれて見えてしまうのは、顔に生気がないからだろう。

どんなに造作がととのっていても、気持ちが溌剌《はつらつ》としていなければ、表情は沈む。

（女は満たされていないと、ダメなんだわ）

スリップ越しに手で乳房を下から、持ちあげるようにつかんだ。

快感の兆しが芽を出して、それを感じながら、両手で左右の乳房を揉みしだいた。自分で言うのもへんだが、重くて量感がある。

ブラジャー越しにでも、ふくらみが揉むごとに形を変えるのがわかる。

V字に切れ込んだ襟元から、左右の白いふくらみが顔を出し、その球体がしなり、たわむ。

姿見に視線をやりながら、左右の乳首を指できゅっと挟んだ。と、快美の電流が流れて、

「んっ……！」

ビクッと震えてしまう。

左手の親指と中指でそっと乳首をつまみながら、右手をおろしていく。

ミニ丈のスリップ越しに太腿の奥をぎゅうと押さえつける。

また、あの熱い痺れがひろがり、目を閉じたいのをこらえて姿見に目をやる。

光沢のあるスリップの柔らかな布地が太腿に貼りつき、その円柱の丸みと下腹部の窪みを恥ずかしいほどにくっきりと浮かびあがらせている。

（いやっ……！）

見ていられなくなって、目を閉じた。

自分だけの世界に没入して、乳首を指で転がし、太腿の奥を撫でさすった。無意識のうちに腰が揺れてしまっている。

膝を内側にし、腰を前後に動かして、手のひらに擦りつける。

もっと強い刺激が欲しくなって、スリップをまくりあげながら裾から手を入れて、パンティの基底部を撫でさすった。

(ああ、いやだわ……!)

パンティの基底部が、すでにそれとわかるほどにじっとりと湿っていた。

そこに中指を這わすと、身体が蕩けて熱くなるような快美感が湧きあがり、ふらふらっとして、奈津子は姿見に左手を突いて身体を支えた。

「ああ、いやっ……いや、いや、いや……」

等身大のミラーの冷たい表面に顔と胸を押しつけ、尻だけを後ろに引いて、感じるところをいじっている。

「はぁ、はぁ、はぁ……」

息づかいがせわしなくなり、熱い息がかかって鏡が曇った。

そのうち、立っていられなくなり、奈津子はベッドに横たわった。

夫の枕をつかんで、太腿に挟んだ。胎児のように背中を丸めて、下腹部を枕に擦りつけると、あそこから熱い情動がひろがってくる。

腰を揺するごとに、性本能が刺激されるのか、甘やかな快美感がどんどんとふくらんでくる。

我慢できなくなって、スリップの肩紐をおろし、腕を抜いた。

あらわになった乳房を揉みしだく。

じかに触れた乳肌はそれとわかるほどに微熱を帯び、じっとりと汗ばんでいた。昂ってくると、汗をかくのはいつものことだった。

指が乳肌に食い込み、強く圧迫した箇所から、ジンとした快美感がせりあがってきた。

(ああ、欲しい……欲しいのよ)

しこりたっている乳首を親指と中指に挟んで、そっと転がし、頂上を人差し指でゆるゆるとなぞる。

「あっ……あっ……いやん……ぁあああうぅぅ」

股に挟んだ夫の枕に、恥ずかしげもなく下腹部を押しつけていた。

柔らかな枕をぎゅうと太腿で締めつけ、膝の内側を鈴虫が翅《はね》を擦るように、ずりずりと枕に擦りつけている。

もっと気持ちよくなりたくて、乳首をきゅーっと引っ張りあげ、伸びた乳首を左右にねじった。

ジンとした衝撃が体内にひろがって、

「ぁあぁ……」

と、のけぞりながら喘ぐ。

乳首から派生した甘い痺れが下半身へとひろがっていき、そこにじかに触れたくなって、右手をおろしていく。

スリップの裾をたくしあげ、パンティの内側へと手を入れた。

指先が触れたところは、恥ずかしいほどに濡れそぼっていて、自分がいかに男を求めているかを痛感せずにはいられない。

あふれでている恥蜜を指ですくって塗りつけ、上方の突起を円を描くように撫でまわした。

それまでとは違う、峻烈な稲妻のような快感が一気にひろがった。

「ぁああうぅ……」

足が徐々に伸びていく。

左右の太腿の間には、まだ枕がある。正常位でセックスするとき、女は足の間に男性の体を挟むことになる。だから、枕は男性の替わりだ。

陰核を感じるやり方でなぞりながら、乳首も高まるやり方でいじる。

「ああ、あなた……欲しいわ。ちょうだい。おチンチンを入れてちょうだい」

そこにはいない男性に向かって、語りかける。

「あなた」が誰を指すのか、わからない。

脳裏に浮かぶ顔は、夫になったり、かつての彼氏であったり、テレビで見る男性タレントの顔になったりする。

本来なら、夫の武司であるべきだ。ちょっと前まではそうだったのに、今、それが揺らぎつつあった。

そして今日はいつも以上に身体が男を求めていた。

「あなた、欲しい……欲しいの」

奈津子は誰でもない男に語りかけ、中指と薬指をまとめて、体内に潜り込ませた。

「うあっ……！」

衝撃が体内に響きわたる。

それは、本物の男根と較べれば物足りない。押し入ってくるときの圧迫感が違う。

だが、指なら感じるポイントを刺激することができる。

指を曲げて、膣の天井の感じる箇所をまさぐった。

そこは触れるとざらついていて、その一点を押しながら擦ると、湧きあがる快美感で頭が真っ白になる。

引っ掻くようにGスポットを擦り、タン、タン、タンッとつづけざまにかるく叩いた。

今度は強く押しつけて擦る。膣の天井がしなって、その圧迫感がたまらない感覚を生む。

奈津子はそうしながら左手を伸ばして、やわやわした繊毛の途切れるところに息づくクリトリスを中指で転がした。

知らずしらずのうちに両膝をひろげて、曲げた足をあげていた。

自ら、男性に正面から打ち込まれるときの格好をしていた。

もっと奥に欲しくなった。

曲げていた指を真っ直ぐに伸ばして、指先で子宮の近くをまさぐった。指先が奥のほうのコリッとした部分に触れて、身体に電気が走る。

その感覚はGスポットによってもたらされるものとは違う。Gスポットが甘美な至福に満ちた悦びなのに対して、子宮口は苦しいほどの峻烈な快感だ。身体ごとどこかに連れ去られていくような怖いまでの快感だ。

奈津子は左手で乳房を揉みしだき、指を奥まで差し込んで、抽送させた。

グチュ、グチュッ——。

いやらしい音が聞こえる。自分のあそこが立てている音だ。蜜があふれかえっているからこそ出る淫靡な音だ。

「ぁああ……いい……いいのよぉ……」

奈津子は足をM字に開いて、膝を引きつけ、まるで男性に打ち込まれているような姿勢で、激しく指を抽送させた。

「ぁああ、ぁあああ……」

あられもない声をあげながら、足の親指をぐっと反らせ、反対に内側に折り曲げると、いっそう快美感が高まる。

自分の指だと欲しいところを自在に刺激できるから、性感は一気に上昇する。

このとき、奈津子の脳裏に浮かんでいるのは、誰ともわからない男に後ろから犯されている自分の姿だ。この頃いつも同じことを想像してしまう。

なぜそうなのかわからないが、奈津子は背中で後手にくくられていて、身体の自由が利かないのだ。

男性に縛られたことはない。なのに、どういうわけか想像のなかでは、奈津子はきつく縛られている。

男が激しく動き、その一撃、一撃が強烈に身体を揺さぶり、体内に重い衝撃が響きわたる。

尻たぶをぐいとつかまれて、押し広げられているので、奈津子の排泄器官も男の目にさらされてしまっている。

（ああ、見ないで……）

消え入りたくなるような羞恥心が全身を焼き、それが、夫のある身でこうして白昼にオナニーしている自分と重なって、身の置き所がなくなってしまうような峻烈な高みへと昇りつめていく。

ふたたび左手でクリトリスを小刻みに刺激し、男性器に模した二本の指で膣内を掻きむしった。

さしせまった感覚に支配されて、もう何も考えられなくなる。今はただ昇りつめたい。忘我の境地へとたどりつきたい。

「ぁああ、イキます……イキます」

誰ともわからない男に語りかけ、激しく体内を指でえぐり、粘膜を掻きむしった。

「ぁああ、ぁああ……ダメっ……もう、ダメっ……イキます」

左手の指でクリトリスを小刻みに揺らして、ぐいと指を深いところに打ち込んだとき、身体のなかで小さな爆発が起こった。

極限までふくらんだ風船がパチンと割れるように、奈津子は一瞬にしてエクスタシーの彼方へと連れていかれる。

ぴーんと足を伸ばして、のけぞりかえった。

「あっ……あっ……」

びくん、びくんと下半身が勝手に痙攣している。

体内に流れる絶頂のパルスが、隅々まで行き渡って、全身がエクスタシーの波に呑まれる。

奈津子は痺れるようなエクスタシーの到来に身を任せた。

この瞬間だけは、いやなことを忘れることができる。夫に見捨てられたこの現実から逃れることができる。

しかし、オナニーの絶頂などタカが知れている。それは浅く、短い。

波が去っていき、また現実が押し寄せてくる。

ここでのろのろしていると、自分のしたことの罪悪感にとらえられてしまう。

だから、奈津子は身体を起こすと、汗で濡れたスリップを脱ぎ、テキパキと下着をつけ、スカートを穿き、セーターを着る。

そして、何事もなかったようにベッドを降り、洗濯籠を持って階下へと降りていった。

2

午後になって、奈津子がリビングのソファで編み物をしていると、ピンポーンとチャイムが鳴った。

壁に取り付けられた画像付きインターフォンを見ると、息子の友基がこちらに向かって手を振っている。

「ハーイ、すぐに行くね」

奈津子は毛糸の編み物棒を置いて、玄関に向かう。

このへんは、まだ開発途上の新興住宅地なので、民家が立て込んでいるとは言えず、また、近所の家同士のつながりも強いとは言えず、いわば都心のマンションのようなところだから、セキュリティーには気を使っている。

どの家も在宅中も必ず鍵を締めているし、画像付きインターフォンが設置されている。

「お待たせー」

玄関のドアを開けると、ランドセルを背負った友基が立っていた。

友基を入れようとしたとき、急に横から男が出てきて、友基のすぐ後から、止める間もなく玄関に入ってきた。

（えっ……？）

一瞬、呆然とした。驚き、恐れながらも、友基の背後の男を観察する。

四十歳くらいだろうか、丸刈りに近い短髪で顎の張った浅黒い顔をしている。がっちりとした体格で革ジャンを着ているが、ズボンには土がついていて、膝が破れ、血が出ていた。

どういう事情かわからないが、何かよくないことが起ころうとしているに違いない。身の危険を感じて、男を追い出す手段を考えていると、

「オジちゃん、怪我をしてるから、連れてきたんだ」

友基が無邪気に言った。

「ほら、ここ。血が出てるだろ？」

男の膝を指さす。確かに、破れた膝から黒ずんだ血がにじんでいる。

しかし、それどころではない。友基の親切心を否定しないように、とっさに考えて言った。

「ほんとだね。でも、それなら近くの病院に行って、診てもらうようにお勧めしたほうがよかったんじゃないかな？」

「オジちゃん、足首を捻挫したみたいで、よく歩けないんだ。可哀相だよ」

男の足元を見ると、確かに、男はつらそうに体を傾けて、左足に体重がかからないようにしている。

「そお、だったらママが、車でオジさんを病院まで送っていってあげる」

この男を息子から引き離したほうがいい。少なくとも、この不審者を家にあげるのは、リスクが大きすぎる。

と、男が友基の頭を撫でながら、話しかけてきた。低く、落ち着いた声だった。

「いい子だ。こんないい子、そうそういない。でも、まだか弱く、小さい。ヒヨコみたいなものだ。ヒヨコはちょっとしたことで怪我をする。すぐに死んでしまう。大切に扱わなければいけないよな」

そう言って、男は友基の首すじの後ろに手を添えた。大きな手で、首を後ろからつかむと、長くてごつごつした指が、友基の細い首を半分ほども包み込んだ。

（この人……！）

脅しているのだ。言うことを聞かなかったら、友基の首を締めるぞ、こんな細い首は簡単に折れてしまうぞ、と脅しているのだ。

「少しでいいんです。お宅で休ませてもらえませんか？」

男が一転して、低姿勢で言った。だが、右手は友基の首の後ろに添えられたままだ。

「休ませてあげてよ。怪我の手当てもしてあげて。ママ、いつも言ってるだろ？困っている人を助けてあげなさいって」

友基が口を尖らせた。

確かに、奈津子は口癖のように言っている。それがまさかこんな事態を招くことになろうとは――。

事情ははっきりつかめない。だが、ここで無理やり男を追い出そうとしたら、友基が危険な目にあいそうな気がする。

「……わかりました。少しの間なら……夕方になったら、主人が帰ってきますから」

「えっ？　パパは帰ってこないじゃない。次に来るのは、一週間後くらいだって言ってたよ」

友基が無邪気に言う。

（あっ、バカ……！）

奈津子は目で叱りつけて、とっさに嘘をつく。

「予定が変わったの。パパは夕方には帰ってくるのよ」

「へえ、そうなんだ。やった！」

「だから、少しの間しかオジさんにはいてもらえないの」

「……それでも、かまいませんよ」

男が言う。今の遣り取りを聞いて、どう思ったのだろう？　自分の言葉を信じてくれればいいのだが……。

「オジちゃん、あがってよ」

友基が靴を脱ぎ捨てて、廊下にあがった。

男は痛めた左足を庇《かば》うように上がり框《がまち》に腰をおろし、靴を脱いだ。

それから、右足に体重をかけて立ちあがり、廊下にあがってからも、片手を壁に突いて、一歩、また一歩と慎重に足を運んで、友基の後をついていく。

(どうしたらいいのかしら?)

これほどの怪我をしているのだから、いざとなったら、自分は逃げることも戦うこともできるだろう。だが、友基はこの男の友人気取りでいる。男の言うように、まだヒヨコの息子を絶対に傷つけさせてはいけない。

男がリビングのソファに腰をおろしたところで、奈津子は友基に言った。

「友基、ランドセルを部屋に置いて、着替えていらっしゃい。ママはオジさんの手当てをするから」

「ハーイ」

友基がリビングを出て、ダッ、ダッ、ダッと階段を駆けあがっていく足音がする。

奈津子は整理棚の救急箱をつかんで、ガラス製のセンターテーブルに置いた。救急箱の蓋を開けながら、男に訊いた。

「あなた、何者なんですか?」

「……奥さんには味方になってもらわないといけない。それに、奥さんはいい人のように感じる。あんないい息子さんを育てているんだから……あなたに嘘をつきたくない。だから、ほんとうのことを言う……驚かないでほしい……警察に追われている。だが、無実だ。俺はやっていない」

「……！」

心臓が口から飛び出しそうだった。

息子が連れてきた男が、いかに怪しい者であったとしても、まさか、警察に追われている者であるなど、現実離れしている。

だいたい、逃亡犯がこの近くに潜んでいるなどという話は聞いていない。

もしかして、虚言癖のある人で、ありもしないことをでっちあげているだけではないのか？

「ある人を殺したと思われている。だが、俺はやっていない」

男が奈津子を見た。

目は血走っているが、信じてくれと訴える必死の表情には、嘘はないような気もする。だいたい、真犯人ならわざわざこんなに自分のことを他人に明かしたりはしないだろう。だが、わからない。

「……それなら、無実を警察に訴えればいいじゃないですか」

「誰かにハメられたんだ。罪を着せられた。証拠も揃っているから、警察は俺の言うことなんか聞いてくれないさ。指名手配されている」

「……その、足の怪我はどうなさったの？」

「さっき警官に職務質問されて、隙を見て逃げた。何とか警官をまいて、塀を乗り越えて、着地したところで挫《くじ》いた。うずくまっていたら、あの坊やが心配して声をかけてくれたんだ。いい子だ」

「そう思うんだったら、友基を巻き込まないでください」

「そのつもりだ。だが、今捕まることはできないんだ。真犯人を突き止めてから、自首する。だから、それまでは……済まない。ほとぼりが醒めるまででいい。奥さん、匿《かくま》ってください」

男が頭をさげて、すがるような目で見た。

そのとき、階段を降りてくる足音がして、リビングのドアが開いた。

奈津子は会話をやめて、何事もなかったかのように、救急箱から消毒液を取り出す。

友基に、男が人殺しの容疑者であることなど、絶対に知られてはいけない。

ズボンを膝上までたくしあげた男の、ひどく擦りむいた膝を脱脂綿で消毒して

いると、

「オジちゃん、名前は何ていうの？」

友基の声がする。

ハッとして、奈津子は動きを止めた。

「……奥村《おくむら》だよ。奥村浩市。浩市《こういち》のイチは地名に使う市という字だ。きみは？」

「ボクは、友基だよ。芦川友基。ママは奈津子って言うんだ」

「ふうん、奈津子さんか。いい名前だね」

男が奈津子を見て、微笑んだ。その笑みの意味をはかりかねた。

友基は人懐っこくて、明るくていい子だとみんなに言われる。しかし、こういう場合は、その人懐っこさが危険な状態を引き起こす。

こちらの名前を知られてしまった。

でも、どういうこと？　男は奥村浩市と名乗ったけれど、普通は偽名を使うだろう。しかし、偽名だとしたら、どんな漢字を使うかなど言わないはずだ。でも、こんなときに本名など教えるだろうか？　わからない。奥村の本心がわからない。

「痛そうだね」

友基が覗き込んでくるので、いい加減な処置はできない。

奈津子は傷口を消毒し、滅菌ガーゼをあてて、伸縮性のある包帯を巻いた。

「上手いね」

奥村が言う。その褒め方が心から感心しているものだったので、心が喜びかけて、ダメよ、相手は殺人の容疑者なのよと気持ちを抑えた。

その後、捻挫でふくれあがり、紫色に内出血している左足首に湿布をあて、包帯で動かないようにきつく巻く。

奈津子は、ソファに腰をおろした奥村の正面に膝を突いて、足首を自分の膝の上に載せている。そうしないと、上手く処置できなかった。

ゆったりしたズボンなのに、股間がふくらんで、テントを張っているように見え、ハッとして目を伏せる。

（勃起させているの？　まさか……）

一瞬だが性的なことを考えたせいか、踵の硬い感触と、足の重さを太腿に感じて、下腹部のあたりが妙な疼《うず》きにとらえられる。

こんな恥ずかしいことを悟られてはいけない。

奈津子は昂りを鎮めようと、包帯を幾重にも丁寧に巻く。捻挫はまず動かさないようにすることが第一のはずだ。

足首の上と下、そして、中心に包帯をきつく巻いて、固定させ、最後に包帯を歯で割いて、ぎゅっと縛った。

「ありがとう。ほんとうに上手いね。それに、きっちりと気づかいができる人だ。手当ての仕方を見ているだけで、わかるよ。こんなにいい息子さんを産んだ人なんだから、当然なんだろうけど」

奥村が真っ直ぐに奈津子を見た。

額にはうっすらと汗をかいているが、全体に誠実そうな顔をしている。

しかし、この言葉を真に受けていいのだろうか？　いや、この犯人はやさしい言葉をかけて、自分を味方に引き入れようとしているのだ。そうに違いない。

奈津子は立ちあがって、奥村に言った。

「あと、一時間もすれば、夫が帰ってきます。彼が帰ってきたら、奥村さんも困るでしょ？　応急処置だけはしておきましたから、その前に出て行ってください」

奥村が何か答えようとしたとき、パトカーのサイレンが近づいてきた。

ゥウウゥウ――ゥウウゥウ――。

唸るようなサイレン音が波打ちながら、徐々に大きくなる。

（やはり、この男の言うことは事実だったのだ）

背筋が凍りつくような恐怖が、奈津子を襲った。

奥村と目が合った。その目が隣の友基に向けられた。

あっと思って、友基を護ろうとした。その前に、奥村の右手が友基の肩を抱き寄せていた。

パトカーが近くで停車して、サイレンも止んだ。

奥村が友基をともなって立ちあがり、窓から外を見た。

「一軒、一軒しらみ潰しでまわるつもりらしい……奥さん、やつらがここへ来たら、何事もなかったように振る舞ってほしい。俺は友基と遊んでいる。言っていることはわかるね？」

奥村が刺すような厳しい目を、奈津子に向けた。

自分のことを警察に告げたら、友基はどうなるかわからないぞ、と脅しているのだ。友基は人質だった。

「ママ、どうしてパトカーが来てるの？」

友基が無邪気に訊ねてくる。

「さあ、わからないわ」

「うちにも来るの？」

「どうかしらね」

「来たら、ボクも出たいな。本物の警官が来るんでしょ？」

「友基はいいの。ママが出るから。友基はオジちゃんと一緒にいなさい」

「……わかったよ」

友基が残念そうに口を尖らせた。

（どうしよう？　警察が来たら、事実を伝えたほうがいいのかしら？）

だが、そんなことをしたら、友基に危害が及ぶ。

奥村はそんな悪い男には見えない。現に、自分は無実だ、冤罪だと主張している。だが、わからない。人は窮地に陥ったら、何をするかわからない。

そのとき、ピンポーンとチャイムが鳴った。

ビクッとして、インターフォンを見ると、画面に、制服を来た警官が二人、玄関の前に立っている姿が映った。

「は、はい、何でしょうか？」

「警察ですが。ちょっとお訊ねしたいことがありまして」

「お待ちください」

「……わかってるね」

奥村が友基の肩に手を置く。

うなずいて、奈津子はリビングを出て、玄関に向かう。心臓が激しい鼓動を打っている。

(どうしたらいいの？　どうしたら！)

いまだに迷った状態で、玄関のキーを開けようとして、三和土《たたき》に置いてある男物の靴に気づいた。泥で汚れている。

奈津子はとっさにその靴を下駄箱に入れた。その瞬間、心が決まった。

解錠して、スチール製の玄関ドアを開けると、警官が二人立っていた。ずんぐりした中年と、長身の若い警官だ。

「どうぞ」

と、二人を招き入れて、自分は上がり框にあがる。

「パトカーのサイレンが聞こえたんですが、何かあったんでしょうか？」

奈津子は怪しまれないように、自分から訊ねる。

さっきまで心臓が縮みあがっていたのに、今は自分が不思議なくらいに落ち着き払っているのがわかる。

「指名手配犯がこのあたりに逃げ込んだという情報があります。何か、異状はありませんか？」

そう言いながら、警官は家のなかの様子をうかがっている。室内はしんと静まりかえっていた。

「何もありませんが……どんな男なんですか？」

「殺人の容疑者です。これを……」

中年のおっとりした顔の警官が、指名手配書をコピーしたものだろう、男の写真の載っている手配書を手渡してくる。

今より少し太って落ち着いた顔をしているものの、あの男に間違いなかった。

名前のところには、奥村浩市とある。

(やはり、本名だったんだわ)

こんなときにも男は本名を名乗った。愚鈍なまでに、嘘をつけない人なのかもしれない。

「あの、奥さん？」

「あっ……はい」

「心当たりがおありですか？」

「あっ、いえ……俳優の○に似ているなって、思ったものですから」

「ああ、確かに。あの性格俳優の○でしょ？　我々もそう思ってましたよ」

後ろの長身の若い警官が、我が意を得たりとばかりに言った。

勘の悪い警官でよかった。奈津子はほっと胸を撫でおろした。

「失礼ですが、ご家族は？」

中年警官が訊いてくる。

「小学生の息子がいますが、もう家に帰っていますから。それと……夫はまだ会社です」

奈津子はとっさに嘘をつく。

奥村がこの遣り取りを息を潜めて聞いているかもしれない。それに、夫がしばらく家に帰ってこないことを告げたら、警官は心配し、この家に対する警護を強めるだろう。それは、困る。

「そうですか……。まだこのへんに犯人が潜伏している可能性があります。外出は控えて、戸締りをしっかりしてください。知らない人は絶対に家に入れないように」

「わかりました……妙なことを訊くようですが、その犯人は誰を殺したんですか？　いえ、一応、知っておいたほうがいいと思いまして」

「……取引先の部長さんです」

あの人が、取引先の部長を殺《あや》めた？　奈津子にはピンと来なかった。

「ですから、くれぐれも気をつけて。ダンナさんにも、この件を伝えておいていただけますか？」

「わかりました。伝えておきます」

「では、何かあったら、些細なことでもかまいません、署のほうまでご連絡ください。それから、外出は絶対に控えてください……失礼します」

警官は敬礼をして、玄関を出ていった。

第二章　初めての夜

1

(どうしたらいいのかしら?)

奈津子は困惑していた。

結局、夕方になっても、奥村は家を出ていかなかった。

奥村は、夫が帰って来ないことを見抜いていた。とっさの機転もこの男には通用しなかった。

奥村が今、家を出たら、捕まる可能性が高いことはわかる。まだ警官が周囲を見回っているし、検問だって実施しているはずだ。

このまま、奥村が家を出ていくのを待つしかないのかもしれない。外部と連絡を取りたくても、ケータイは取りあげられ、家の電話も電話線のもとが抜かれているのか通じない。これでは、外部と連絡をつけることはできない。

友基がトイレに立っている隙に、奥村がこっそりと耳打ちしてきた。

「明日になったら、警戒も弱まるだろうから、ここを出るつもりだ。それまで置いてもらいたい。奥さんにも、友基にも絶対に危害は加えない。あなたは犯人隠匿罪になる可能性があるけど、いざとなったら、息子を人質にされて、脅されていたと言えばいい。こっちもそう証言する」

「でも、息子には何と言えばいいの？」

「オジさんがまだ歩けないから、今夜は泊めてあげるとでも言っておけばいい」

「友基が納得するかしら？」

「俺が上手くやる……あなたは普段通りにしてくれればいい。友基もそろそろお腹が減る頃だろう」

「明日には、絶対に出ていってもらえますね」

奥村は大きくうなずいた。

「迷惑はかけない。信じてくれ」

奥村を信じるしかなかった。奈津子はキッチンに立って、夕食の支度をはじめる。

料理をしながらリビングが見えるようにと、開放的なオープンキッチンになっている。

野菜を包丁で切っている間も、二人の様子が手に取るようにわかる。

二人は対戦型のテレビゲームに興じている。

友基は愉しそうだ。「オジちゃん、上手いじゃない」などと言って、ゲームに夢中になっている。

奥村が友基を相手にするさまを見ていると、とても、人を殺せるような人だとは思えない。子供のようにムキになるところがあるが、それもコントロールが利いていて、友基を楽しませるためのものだとわかる。ちょっとした会話や行動の端々に、奥村の包容力や、温かい人柄がうかがえる。

夫の武司はコンピュータ関連の仕事をしているのに、面倒くさがって、友基のゲームにつきあうことはしない。

奈津子はゲームができないから、友基は対戦相手ができて、きっと今、楽しいだろう。

こうして見ていると、夫よりも奥村のほうを父親らしく感じてしまう。奥村のような父親だったらよかったのに――。

いったんゲームが終わったのか、奥村が傷めた左足を引きずって、キッチンにやってきた。

奈津子が炒め物をしていると、

「ちょっと、貸して」

奥村がフライパンの柄をつかんで、煽った。

と、フライパンのなかの野菜や肉が見事に返って、そこに、奥村は用意してあった調味料を巧みに混ぜる。オタマを巧みに使って液体の調味料を入れる仕種はプロのようだ。あっと言う間に肉と野菜を炒め終え、それを手際よく大皿に盛った。

フライパンが重くて、奈津子はなかなか上手く煽れない。それを楽々とやってのける奥村に、こんなときに思うことではないが、尊敬の念さえ抱いてしまう。

「コックをやってらしたんですか？」

思わず訊くと、

「違いますよ。俺が相手にするのは食材じゃなくて、車ですよ。こう見えても、一応、車の整備工場を経営してるから。小さな工場だけどね」

奥村がフライパンの油をキッチンペーパーで拭き取りながら言う。

（そうなんだ……）

ツナギを着て、自動車の下に潜り込んでいる奥村の姿が自然に頭に浮かんだ。確かに、似合っている。社長だと言っていたから、若い従業員を雇っていて、それで、包容力があるのかもしれない。

警官は、奥村が殺したのは、取引先の会社の部長だと言っていた。ということは、取引先の会社というのは、自動車関連なのだろうか。

奥村への興味が抑えられなくなっていた。

友基はひとりテレビゲームに夢中になっている。奈津子はご飯を茶碗によそいながら、訊いた。

「あの、お歳は?」

「四十一だよ。前厄だからね、きっとそれで……」

「ほんとうに、やってないんですね?」

「やってない、事実だ」

「……」

「ダンナさんは何をしてる人なの?」

奥村が逆に質問してきた。

「IT関連の会社を自分で……」

「ということは、社長さん？」

「一応……」

「それでこんな豪邸か……大したものじゃないか。だけど、あまり戻ってこないようだね」

「……わかりませんよ。気まぐれだから、明日あたり、ひょっこり帰ってくるかもしれないし」

奈津子は奥村に釘を刺し、友基に声をかける。

「友基、ご飯できたから、そろそろゲームやめてね」

「ハーイ」

奈津子は料理をダイニングテーブルに運ぶ。

しばらくして、友基がやってきて、三人は食事を摂《と》る。いつも、夫が座っている席に、指名手配犯がいる。

こんなことはあってはいけないことだ。

だが、なぜか恐怖感はない。たぶん、自分のなかで、この人は真犯人ではないと決めつけてしまっているのだ。実際にそう思わないと、殺人犯とはとても一緒にご飯など食べられない。

「オジちゃん、さっきママが言ってたけど、今夜は泊まってくんでしょ？」

友基が肉をつかんだ箸を止めて、奥村にくりっとした目を向ける。

「ああ、まだ足が痛くて歩けないからね。一晩泊まらせてもらうよ。明日には出る。友基もそれでいいか？」

「いいよ。よかった。食べ終わったら、またゲームしようよ……いいでしょ、ママ？　明日は学校休みだし」

今日は金曜日だから、明日明後日と小学校は休みだ。

「……いいけど」

そう答えながらも、奈津子は友基に関する不安を抱いていた。

奥村が警察に追われている容疑者だと知ったとき、友基はどう思うだろう？

友基の幼い心が、自分と遊んでくれた指名手配犯のことを、どう整理できるのだろう？

できれば、一生知らないでいてほしい。そのためにも、友基に疑問を抱かせてはいけない。いつも通りに振る舞わなければいけない。

夕食を終えて、友基だけ先にお風呂に入らせた。烏の行水であっという間に風呂からあがった友基は、また、奥村とテレビゲームをはじめた。

だが、時計の針が午後十時をまわった頃、友基は眠くなったようで、うとうとしはじめた。はしゃぎすぎて、疲れが一気に出たのだ。

何だかんだ言って、まだ小学一年生だ。

奈津子は友基に声をかけて、部屋に連れていき、ベッドに寝かせた。

すぐに、寝息が聞こえてきた。友基はいったん眠ると、朝、起こすまで眠りつづける。これで明日起きたとき、奥村がいなければ、彼のことはすぐに忘れてしまうはずだ。

ほっとして、奈津子はリビングに戻った。

「寝た？」

ソファに座った奥村が、訊いてくる。

「ええ……これで、朝起きたときにあなたがいなければ、問題はないわ」

「明日は早めに出るよ」

奈津子が所在なく立っていると、

「ここに座ればいい。何もしないから」

奥村に勧められて、奈津子は三人用のソファの端に腰をおろした。

もし、奥村が嘘をついていて、実際に人を殺していたとすれば、自分だって殺される可能性がある。そういう気持ちが心の片隅にあるせいか、どうしても緊張してしまう。

「大丈夫だ。何度も言うようだけど、俺は殺《や》っていないし、奥さんに危害を加えることもない」

そう言って、奥村は目を瞑《つむ》った。

浅黒くて、目も鼻も大きい。これでもう少し面長で痩せていたら、いい男の範疇に入るだろう。

しかし、今はやつれた顔をしている。目の下は厚ぼったくはれて、クマができている。いつから逃げているのか知らないが、逃亡生活は体力ばかりか、気力をも奪うだろう。

ふいに、奥村がどうやって冤罪を受けることになったか、知りたくなった。

「真犯人でもないのに、どうして、追われることとなったの？」

奥村はゆっくりと目を開いて、両手を頭の後ろに組み、天井を眺めた。

「いろいろと重なったんだ。おそらく、ハメられた……だが、はっきりしたことは何ひとつわからない。真犯人が誰かも皆目見当がつかない。いずれにしろ、証拠も揃っているし、今、捕まったら、たぶん言い逃れはできない」

「死んだのは、取引先の部長さんだって、警官が言ってたけど……」

「ああ……すべてはあいつが原因だった。正直、死ねばいいと思っていた。人前で罵《ののし》ったこともある」

「それで、犯人だと思われているのね？」

「ああ、他にもいろいろと証拠は揃っている」

「……」

「……もう、いい。それは……あなたをこれ以上、巻き込みたくない。休みたくなった」

「どうするの？」

奥村は救急箱から包帯を取り出した。休む前に包帯を替えるのだろうか？　だが、奥村は奈津子の肩に手をかけて、背中を向けさせる。

「悪いけど、両手を背中にまわしてくれないか？」

「えっ……？」

「まだあなたを完全に信用したわけじゃない。俺が眠っている間に、何かされては困る。それに……一度でも、縛られれば、もし見つかったとき、言い訳がきくだろう。縛られて、無理やり従わされていたって。そうすれば、犯人隠匿の罪に問われることもない」

この人はそこまで考えてくれているのだ。だが、それは甘言《かんげん》で、いざ縛ったら、自由を奪われた奈津子の身体を奪おうとするかもしれない。

「いやです。たとえあなたが眠ったとしても、何もしません」

「俺も何もしない」

奥村に片腕を取られて、ぐいと後ろにねじりあげられた。

「あうっ……!」

奥村は力が強くて、肩の関節が外れそうだった。

「そっちも」

もう片方の腕も後ろにねじられ、背中で押さえつけられた。重なった手首に包帯がぐるぐると巻きつけられていく。

抵抗しなければと思う。だが、この身体の奥底がじんと痺れるような、身体から力が抜けていくような感覚は何だろう?

その間にも、包帯がぎゅっと強く結ばれる圧迫感が伝わってくる。

「これでいい」

奥村が言う。

奈津子は後ろにくくられた手を動かしてみるものの、わずかに両腕が左右に揺れるだけで、拘束されたところはびくともしないのだ。

奥村は奈津子をそっとソファに横臥させて、枕替わりに頭の下にクッションを置いた。それから、両足首をひとつにして、包帯で縛る。

奈津子は自分を慰めるとき、後手にくくられて、男に後ろから犯されるさまを思い描くことが多かった。

だが、実際に縛られるのは初めてだった。

(こんな感じなのね……)

足首をひとつに縛られているから、犯されるおそれはない。だからだろうか、手も足も拘束されて、何もできずにただソファに転がされている。その何もできない状態が、自由を奪われてまったく選択肢がなく、ただこうしているしかないという不自由さがかえって心地よいのだ。

くくり終えて、奥村は膝掛け用の毛布をそっとかぶせてくれる。

「悪いな。きつくなったら、言ってくれ。いったん緩めるから」

「……でも、万が一、友基が起きてきたら?」

「どうするかな? 俺もぐっすり眠るわけじゃない。友基の足音がしたら、気づくだろう。奥さんの姿を見せないように何とかするよ。あなたのこの姿は友基には絶対に見せない。約束する」

奥村の言葉は信用できた。それに、もしものことを考えて問い質《ただ》したまでで、友基が起きて下に降りてくることはまずないはずだ。

ソファに横になって見ていると、奥村はカーテンを念入りにすべて閉じ、天井の照明を絞り、いつも夫が使っているひとり用のソファに座って、目を閉じた。

奈津子は後手にくくられて、横臥し、膝を少し曲げている。

正面には、奥村が見えた。ソファ椅子の肘掛けに両手を置き、目を閉じて、足を開いている。

腰を前に突き出した姿勢のためか、ズボンの股間が張りつめている。男性器が向かって右側に傾いて上方に向かっているのが、そのシルエットでわかる。

（いやだわ。何を考えているの！）

自分を叱責し、目を閉じた。

だが、瞼の裏には左曲がりのペニスのシルエットが焼きついている。

次の瞬間、脳裏に浮かんだのは、後手にくくられたまま、奥村に奉仕を強要されている自分の姿だった。

さっき、包帯でぐいっと最後に強く緊縛されたとき、身体の奥底で何かがうごめいた。

（わたしには何かそういう性癖があるのかしら？）

そんなはずはない。自分がそんな淫らな女であるわけがない。

それでも、目を閉じていると、頭のなかを映像が巡った。

奈津子は全裸で後手にくくられて、ソファに座って足を開いた奥村のペニスを頬張っている。

奥村が後頭部を押さえつけるので、奈津子はその太く長い肉茎を喉奥まで届かされ、その吐きそうなほどの苦痛に呻《うめ》く。呻きながらも、喉をいっぱいにひろげて、亀頭部を咥え込んでいる。

（許して、許して）

と、心のなかで訴えながらも、下腹部を濡らしている。

奈津子は裕福な家で生まれ、お嬢様育ちで、高校も私立の女子高に通っていた。父親の躾《しつ》けは厳しく、家庭では性的なものは一切シャットアウトされていた。

真面目で淑やかで、いいお嬢さんだと周りからは褒めそやされた。

そして、大学を出て、夫の会社に就職し、見そめられて結婚し、息子を産んだ。

じつは、夫の前にはひとりの男性としかつきあっていない。

現在は夫の愛情を受けているとは言い難い。だが、世間から見れば、幸せな人生のはずだ。

（そんなわたしが、どうしてこんなゆがんだことを考えてしまうの？）

破廉恥な夢想をする自分が許せない。恥ずかしくてたまらない。

奈津子は必死に他のことを考えようとした。

奥村は明日、ほんとうに出ていってくれるのだろうか？　出ていったとして、警察に逮捕されるのだろうか？　捕まったとき、この家に一晩泊まったことを話すのだろうか？

様々な可能性が脳裏をよぎる。そのとき、ふと、尿意を覚えた。

ずっとトイレに行くのを忘れていた。縛られる前にトイレに行けばよかった。だが、今となってはもう遅い。

やがて、下腹部をさしせまった尿意が襲った。必死にこらえようとして、ジリッ、ジリッと腰を引く。膀胱がふくれあがり、つらい。もう一刻も待てなくなった。

「奥村さん……奥村さん」

静かに彼の名前を呼ぶと、奥村が目を開けた。

「何？」

「……おトイレに」

「えっ？」

「おトイレに……行かせて……ください」

そう言葉を吐くだけで、漏れそうになる。

奥村が無言で近づいてきた。何か言ってくれればいいのに、何を考えているのかわからないことが怖い。

奥村はかかっている膝掛けを外して、足首の包帯を急いで解いた。

「これで、いいだろう」

「あっ……手は？」

「手は使わなくともできるはずだ。解いている間にちびったら、困るだろう」

確かにそうだ。

奈津子は強い衝撃を下腹部に与えないように、ゆっくりと慎重にソファから立ちあがった。

漏れてしまいそうになるのを、必死に尿道口を引き締め、よちよち歩きでトイレに向かう。

と、後ろから奥村が足を引きずりながら、ついてくるではないか。

「来ないで……！」

「トイレのドアを開けなくてはいけないだろ」

そうか、そうね……。

奈津子は納得した。

2

廊下に出て、トイレの前まで急ぐと、奥村がドアを開けてくれる。

便座に座る前に、このままでは下着を脱げないことに気づいた。

「奥村さん……手を解いて」

「ダメだ」

そう言う奥村の目は、これまでとはちょっと違う。相変わらず穏やかではあるものの、瞳の奥に何かギラッと光るものがある。

しかし彼は何も危害を加えない――と約束したはず。

「わ、わかったわ。と、とにかく、下着を……」

切羽詰まっている。自分が足踏みをしているのがわかる。

奥村がしゃがんで、水色のパンティをつかんで膝まで押しさげた。それから、スカートをまくりあげてくれたので、その間に、便座に腰かけた。

もう一刻も我慢できなかった。だが、目の前には、奥村がいる。

「出て……お願い出ていって……ぁあああ、いやぁぁ……」

意志とは裏腹に、温かいものがちょろっ、ちょろっとあふれてしまい、溜まっている水をぽちゃ、ぽちゃっと打つ音がした。

(いや、いや、いや……)

見られている。男に小水をするところを見られている――。

奥村を見あげた。彼は奈津子をじっと見ている。彼が見ているのは下半身ではない。自分の前で用を足す奈津子の恥ずかしい顔だけを、瞬《まばた》きひとつせずにじっと見つめている。

奈津子も奥村の目を見ている。

(見ないで、見ないで……)

最初は水滴が落ちるようだったのに、それがやがて、堰《せき》を切ったようにあふれでた。

シャーッ、シャーッ——。

耳をふさぎたくなるような恥ずかしい放尿音がして、それが水溜まりを打つ身も蓋もない音も聞こえる。

「いや、いや、いや……」

奈津子は首を激しく横に振った。なぜか、奥村の目から視線を外せない。

(見ないで、見ないで)

そう訴えかけながら、奥村に自分がどう映っているのか知りたくて、その表情をうかがっている。

心が悲鳴をあげた。こんな恥ずかしいところを見られて、今後、この人の前でどんな態度を取ればいいの?

そのとき、奈津子はふと匂いに気づいた。

小水特有のツンとしたアンモニア臭と甘い香りが、立ち昇ってくる。当然、奥村も感じるだろう。奥村に排泄の匂いを嗅がれている。

消え入りたい。永久にこの男の前からいなくなりたい。

だが——。

屈辱的な排尿はまだつづいている。そのいつまでもつづく音や匂いが、奈津子を心底打ちのめす。

「うっ……うっ……」

とうとう奈津子は顔を伏せた。嗚咽がこぼれでる。

震えとともに、小水もそのリズムで途切れたり、出たりする。

やがて、下腹の膨満感がなくなっていき、ついにはおさまり、最後は水滴となって、放尿がやんだ。

そのとき、奥村が近づいてきた。

ズボンの股間が大きく持ちあがっている。

ハッとして見あげると、奥村の目がこれまでと違っていた。愛玩物を見つけたような、好奇に満ちた目だった。獲物を発見してしまったオスの目だ。

奥村はズボンとともに黒いボクサーパンツを膝までさげた。

ブリーフにひっかかるようにして飛び出してきたものを目にして、奈津子は息を呑んでいた。

赤銅色の肉刀が、ぐんと臍に向かっていきりたっている。

夫のものはこんなに怖いほどの角度にはならない。それに、重量感が違う。

青龍刀のようにそそりたつ重々しい肉棹の裏には裏筋が走り、そら豆のような亀頭部はてらてらと光り、そして、全体にミミズのような血管がのたくっている。

夫のものとの違いに啞然とした。

奥村は無言で、奈津子の頭の後ろに手をあてて、引き寄せながら、下腹部を突き出してきた。

彼が、何を求めているのかはわかった。

ツンとした残尿臭と長い間洗われていないペニスそのものが放つ、饐《す》えたような異臭が、鼻先をかすめた。

後手にくくられた惨めな姿で排尿を見られ、イラマチオを求められる人妻——。

身体の底がきゅんと疼き、一瞬、頭の芯が痺れた。

だが、それを悟られてはいけないという理性もまだ働いていた。

押さえつけられた頭を懸命に右に左に振った。いやですという意志を示すと、奥村の声が降ってきた。

「友基がどうなってもいいのか？」

それこそが、密かに奈津子が求めていた言葉だった。自分を従わせてくれる言葉が欲しかった。

「あなたは、かわいい息子の犠牲になる」

追い討ちをかけられて、奈津子は追い詰められる。

(ああ、そうよ。わたしは、かわいい友基のために身を闖入者に投げ出すんだわ。決して、自分の欲望を満たすためではないの)

後頭部を大きな手でつかまれて、ぐいと引き寄せられる。

口許に、いきりたつ肉の塔が押しつけられる。

「舐めて……」

命じられて、奈津子はおずおずと舌を出した。そっくり返る肉棹の裏をなぞりあげていく。

ギンナンに似た性臭を感じながら、逞しくそそりたっている肉柱の裏筋にツーッと舌を走らせる。

「あっ……くっ……」

奥村が顔を撥ねあげた。

(ああ、感じてくれている)

いつから逃げているのか知らないが、指名手配書がまわっているのだから、昨日今日のことではないだろう。逃亡生活ではきっと、女に不自由してきたのに違いない。

ツーッ、ツーッと何度も裏筋を舐めあげる。

何かが発酵したような異臭とともに、ややしょっぱい味覚が舌に伝わる。

舌を走らせるたびに、屹立がびくっ、びくっと頭を振る。

「いいよ、咥えて」

言われて、奈津子は見あげる。

奥村は満足げな顔をしている。奈津子が愛おしくてしょうがないといった顔をしている。

気持ちがスーッと持って行かれた。

奈津子は顔をあげて、ほぼ真上から屹立を頬張る。

唇を亀頭冠に沿ってひろげていく。夫のものより大きかった。そして鋼《はがね》のように硬い。

顎の関節が軋んでいる。それをこらえて、唇をすべらせていき、根元まで頬張った。

切っ先が扁桃腺に触れてえずきそうになる。

だが、なぜだろう、奈津子はもっとできるということを、男に示したかった。

さらに奥まで咥えられるとでも言うように、ぐっと口を寄せた。

ごわこわした恥毛を唇に感じた。もっとできる——。

ぐっとさらに奥まで頬張ったとき、

「うぐっ……！」

吐瀉《としゃ》しそうになって、とっさに口を離した。だが、すぐには吐き気はおさまらなかった。

あふれでる生唾を呑み込んだ。自分が涙目になっているのがわかる。

「無理しなくていいから」

奥村が温かい言葉をかけてきた。

奈津子が見あげると、奥村がにっこりして言った。

「かわいい人だ」

かわいい人、かわいい人——。奥村の言葉が脳裏でリピートする。

胸がきゅんとした。

また、いきりたちを頬張り、今度はさっきの轍《てつ》を踏まないように、途中までゆったりとスライドさせる。

ペニスは熱く火照っていた。そして、血管が浮き出ているその凸凹までしっかりと感じ取ることができる。

熱くなったシンボルの褐色の肌に触れている唇の裏側が、心地よい。

いつもより昂っているのは、きっと後手にくくられているからだ。自由を奪われて男に従わされているからだ。

（わたしはいつも夢想していることを、現実にしている。やらされている。夫ではかなわなかったことを――）

身体の奥底から、焼けつくような情動の高まりが込みあげてきて、息をするのもままならない。

それでも、必死に息を継ぎながら、逞しい男のシンボルにしゃぶりつく。

と、自分した小水の匂いが鼻孔に忍び込んでくる。

羞恥、屈辱、汚辱――だが、その突き落とされていく感じがどこか気持ちよくて、それをぶつけるように、唇を勢いよくすべらせる。

「ぁああ、おおっ……」

奥村が感じてくれている。その証拠に咥えているものが、さっきより容量を増したような気がする。

口腔をいっぱいに満たしてくる、逞しい男自身を感じる。

と、奥村が髪の毛をつかんだ。そのつかみ方が切羽詰まっていた。

見あげると、奥村の目が細められ、白い歯列をのぞかせて歯を食いしばっている。

「おおぅ、ぁああ……出すぞ。出すぞ」

奈津子が見あげながら目でうなずいたのを、奥村はおそらく見ていないだろう。気持ちよさそうに目を瞑って、顎を突きあげていたから。

奥村は後頭部を大きな手でつかんで引き寄せ、そっくり返りながら、腰をつかっている。

すでに、射精への強い願望にとらえられているのがわかる。

奈津子は見あげながら、唇を強く窄めた。

きっと締めつける力が増して、快感が上昇したのだろう。

奥村はぐいっ、ぐいっと腰を突き出し、爆《は》ぜる寸前の怒張をすさまじい勢いで抜き差しする。

容赦なく奥まで突っ込んでくる。

奈津子はえずきそうになるのを、胸を喘がせながら懸命にこらえる。

「おおぉ、ダメだ。出そうだ……」

奥村が連続して怒張を叩き込んできた。亀頭冠の裏のほうを唇が強く摩擦した

とき、

「んっ……！」

奥村が呻いて、腰を突き出したままになった。

熱いしぶきが迸《ほとばし》って、口蓋にかかり、喉にも入ってくる。

噎《む》せながらも、奈津子は必死に頬張りつづける。そうすることが女の使命だという気がした。

何度かに分けて起こった射精が終わり、奈津子は口に溜まった生温かい液体を、浅く頬張った状態で、こくっ、こくっと嚥下する。

スキンミルクのようなぬるっとしたなめらかさと、ツンと鼻に抜ける栗の花の匂いを残して、精液の塊が食道に落ちていく。

夫にももちろんフェラチオはするが、夫は口のなかに放ったことはない。妻の口が精液で汚れるのを嫌っているのだ。

呑み終えると、奥村が肉茎を外した。

引き抜いたとき、奈津子の口腔に残っていた白濁液が口角からこぼれて、顎を伝った。

それを、奥村が指で拭ってくれる。

どうするのだろうと見ていると、その指を口に近づけてきたので、奈津子は指ごと頬張って、異臭を放つそれを舐めとった。

3

リビングに戻ってから、奥村は何もしようとしなかった。

しばらく、奈津子は後手にくくられた状態でソファに横臥していた。

幸いと言うべきか、もう、足はくくられていない。

だが、なぜ奥村は自分に何もしないのだろう？　さっき口内発射して、満足してしまったのだろうか？

（しかし、たとえ射精しても、興味のある女なら男はまた挑むのではないだろうか？　と言うことは、わたしには女の魅力を感じないのだろうか？）

奈津子は身体の火照りを扱いかねていた。

さっき、男の逞しい肉茎をしゃぶってから、下腹部が微妙に疼いていた。奥のほうが何かを求めてジンジンしている。きっと、今パンティを穿いておらず、スカートの下は何もつけていないことも関係しているに違いない。

もちろん、それが夫以外の男、それも殺人の容疑者相手に感じてはいけないことであることくらいわかっている。
しかし、こうやって軟禁状態で拘束されていることで、自分はどこか昂ってい
る。
ふと置き時計を見ると、針がちょうど午前一時を指している。
夜明けまであと五時間ちょっとだろうか。彼は明日になったら、ここを出ると
言った。と言うことは、朝日が昇ったら、出ていくのだろうか？
こんなに欲している女を犯しもしないで、置き去りにするのだろうか？
奥村の様子をうかがっているのがつらくなって、奈津子は目を閉じる。
まったく眠気はやってこない。それどころか、さっきトイレでイラマチオされ
たときの情景が思い浮かび、下腹部が痺れた。きっと、濡らしている。
知らずしらずのうちに、腰を前後に揺すっていた。
そのとき、何かが近づいてくる気配があった。足を引きずる音がする。
（奥村だわ……）
目を開けたいという気持ちをこらえて、目を瞑りつづけた。
と、横向きの身体が上に向けられた。
温かく、湿った息が顔にかかり、唇にキスされる。奥村の唇は乾いて、ひび割

れていた。夕食に使ったニラのツンとした香りがわずかに残っている。

その唇が、顎から首すじにかけておりていく。

次の瞬間、胸のふくらみに顔面が擦りつけられた。

奥村は子供が母親のオッパイにそうするように、乳房の谷間に顔を埋め、大きく息を吸い込み、そこで、ぶるぶるっと顔を横揺れさせる。

あの大きな手が左右から胸のふくらみを包み込んできた。

奈津子は白いタイトなニットを着ていた。スリップはオナニーの後で脱いでいた。

奥村はニット越しに、胸の丸みや量感を確かめでもするように、荒々しく揉み込んでくる。奥村の息づかいが荒くなった。

ニット編みのセーターがぐいとまくりあげられた。

（あっ……！）

ブラジャーがあらわになるのを感じて、奈津子は心のなかで悲鳴をあげた。

男の熱い視線を感じた。見られている。奥村にブラジャー越しに乳房を見られている。

男の視線が肌をチリチリと焼き、身をよじりたくなる。それをこらえていると、奥村の手が背中にまわった。あっと思ったときは、ブラジャーのホックを外されていた。

緩くなったブラジャーがたくしあげられる。

乳房が完全にあらわにされた羞恥で、カッと全身が焼けた。

「きれいだ。すごくきれいだ……」

奥村の声が降ってくる。お世辞ではなく、ほんとうにそう思っていることがわかる口調だった。

だから、奈津子は目を開けた。

「やはり、起きていたね」

ニッと唇をゆがめて、奥村はまた唇を合わせてくる。

唇を強く重ねて、上と下の唇を交互に頬張ってくる。それから、唇を舐め、そのまま、舌を差し込んでくる。

抗えなかった。

それでも、自分から舌をからめることはさすがに恥ずかしくて、あさましすぎて、できない。

舌をもてあそばれた。

奈津子は舌を預けて、されるがままになっている。

あらわになっている乳房をぐいと揉み込まれて、

「あっ……！」

奈津子は思わず声をあげ、それを恥じて、顔をそむけた。

奥村はまた唇を奪い、舌をからめながら、乳房をいやというほど揉みしだいてくる。

その太くて、ごつごつした整備工らしい指が乳首に触れた瞬間、我慢していたものが一気に崩れた。

知らずしらずのうちに奈津子は自分から舌をからめていた。

もしも両手が自由なら、きっと奥村を抱きしめていただろう。それができないことで、自分が拘束されているのだなと思い知らされる。

もどかしい。男を抱きしめられないことが、こんなにもどかしいことだったとは。その気持ちをぶつけるように、一心不乱に舌をからめ、吸う。

と、奥村の舌が無情にも引いていく。

奈津子は奥村を見た。きっと、すがるような目をしていることだろう。

「奥さんは危険を承知で俺のような男を泊めてくれた。感謝している。それに……あなたといると心が満たされる。あなたに惚れたかもしれない」

奥村が真っ直ぐに見おろしてくる。

心臓を射抜かれたようだった。いや、射抜かれたのは心だけではなく、子宮も刺し貫かれていた。

身体の奥に甘い衝撃が走り、恥ずかしい発情の印が下腹部に滲むのがわかった。

奥村が首すじから胸にかけてキスをおろし、乳房にしゃぶりついてきた。

「あっ……！」

ビクンと身体が撥ねてしまう。

両方の乳房をぐいと鷲づかみにされ、乳首を吸われると、甘く芳烈なパルスが四肢の先まで響きわたった。

奥村は乳房に指を食い込ませながら、乳首を舐める。ちろちろと舌を横揺れさせて弾き、上下になぞってくる。

そうしながら、上目遣いに奈津子を見て、様子をうかがっている。

この人は、自分の愛撫がどれだけ女性に効果的であるかをさぐろうとしている。相手の反応を読み取ろうとしている。

夫にはそれができない。

仕事にいつも追われているせいか、身体を合わせるときは、自分の欲望だけをひたすら追う。

だから、女は満たされない。

しかし、この人は違う――。

奈津子は乳首を圧迫されると感じてしまう。そうしてほしい。だが、女の口からは言えない。

奥村はただ舐めるだけではあまり反応がないのを見てとったのだろう。

二本の指で尖った乳首をぎゅっとつままれ、くりっ、くりっと転がされて、

「ぁあああっ……んっ……あっ……」

奈津子は思わず、はしたない声を洩らしていた。

相手は家に押し入ってきた男だ。なのに、身体は応えてしまっている。

(恥ずかしい、わたし……どうしようもない、わたし……)

奥村が両方の手指で、左右の乳首を強く挟みつけて、転がしてくる。

「あっ……あっ……」

抑えようとしても、あさましく下腹部がせりあがってしまう。

奈津子は乳首を攻められると、下腹部までその快感が及び、男が欲しくなる。

奥村は左右の乳首をつまんでギューッと引っ張りあげて、くりくりと左右にねじった。

「ああ、それ……！」

頭が真っ白になるほどの強烈な快美感が走り抜け、奈津子は顎を突きあげていた。

と、奥村は片方の乳首に貪りつき、乳暈ごと甘嚙みし、円柱形に勃起した乳首をしごくようにして吐き出す。

「ぁああっ……！」

奈津子はまた顎をせりあげる。

強くしごいた乳首を、奥村は今度はやさしく扱ってくる。舌で円を描くようにしてフェザータッチで周囲を舐める。

と、敏感になった乳首はその触れるかどうかの微妙な感触にも反応して、身体が震えてしまう。

奥村は乳首の根元をぎゅっと指で圧迫して、くびりだされてきた乳首の頭を舌でやさしく刺激してくる。圧迫感と繊細なタッチが身体のなかで融合して、

「あっ……あっ……あっ……」

奈津子は声をあげ、胸をせりあげ、下腹部をぐぐっと突きあげていた。

4

「手首は大丈夫か？」

「ええ……」

「そうか。つらくなったら言えよ」

気づかいを見せて、奥村は下半身のほうに移動していく。

ソファに横たわっている姿勢では愛撫しにくいのか、両足を抱えるようにして奈津子を背もたれを背にする形で、ソファに座らせる。

次の瞬間、膝裏に手が伸びた。がしっとつかまれて、ぐいと開きながら持ちあげられる。

「あっ……いや！」

奈津子は思い切り顔をそむける。

下腹部の恥ずかしい箇所が無防備な状態で男の目にさらされてしまっている。

「いや、いや、いや……」

内臓がよじれるような恥辱を感じて、膝を閉じようとする。

だが、いったん開いて押さえつけられた足は、どうもがいても、自由にならなかった。

身体のなかで唯一自由になる顔を、首が痛くなるほど左右に打ち振った。髪が躍って、顔を打つ。

ひとしきりあがいてから、哀願していた。

「見ないで……お願いです」

「こんないやらしい格好で、アソコを見ないわけにはいかないよ」

奥村は目を伏せて、恥部を覗き込んでくる。

午前中に、指で慰めた場所だ。

さっきトイレで排尿してから、拭くことを許されなかった。いや、たぶん、奥村が忘れたのだろう。

それに、乳首を攻められて、女が感じたときに出す蜜が恥ずかしいほどにあふれている。

「ぬるぬるだな」

奥村の言葉が、ぐさっと胸に突き刺さった。

「すごいぞ。蜜がしたたっている」

「……ぁああ、いやぁぁ」

洩らした声が震えている。

「満開だな。ひろがったビラビラがフリルのように波打ってる。でも、左右対称できれいじゃないか。ただし、ビラビラの縁は紫蘇《しそ》のような色をしている」

奥村が冷静に言う。そのどこか醒めた観察が、奈津子の恥辱感をさらに助長する。

「やめて……お願い、やめて……もう、いや」

「奥さんが動くたびに、あそこの穴からマン汁がどくっ、どくっとこぼれでてくる」

奥村の容赦のない言葉が、奈津子を羞恥の炎で焼く。

「あなたも不可解な人だ。自分を縛った男にアソコを見られて、こんなにマン汁をあふれさせている。こういうのに昂奮するんだね？」

「……違います。違う、違う」

「認めたくないか」

奥村が見つめてくるので、奈津子は真実を知られないように目を伏せた。

次の瞬間、下腹部に男の熱い息がかかった。

あっと思ったときは、陰唇の狭間をスーッと舐めあげられていた。

「くっ……！」

歯を食いしばって、喘ぎそうになるのをこらえた。

と、奥村はさらに舐めてきた。

膝の裏をつかんでぐいっと持ちあげられているので、奈津子は動くこともできない。隠しようのない女の器官を、男の舌がナメクジのようにぬるぬると這う。

「オシッコの匂いがする。そうか、さっき拭かなかったからか……それに、何かこびりついている。俺が来る前に自分でしたか？」

言い当てられ、奈津子はドキッとしながらも、シラを切る。

「違います。そんなことしていません」

「……ご主人が帰ってこないから、寂しくなって自分で慰めたんだね？」

「違う。違います！」

「もう、いい。それは追及しない」

奥村がまた舌を這わせてくる。

自分でも開ききっていることがわかる陰唇の狭間を、なめらかでありながらどこかざらっとした舌でなぞりあげられると、抑えようのない震えに似た戦慄が立ち昇ってくる。

だが、まだ耐えられた。

ふいに、その舌が陰唇の外側の皮膚をスーッとなぞってきたとき、

「ぁあぁ……！」

悦びを告げる声が口を衝いてあふれでた。

小陰唇と大陰唇の間を舐められると、奈津子は感じる。だから、だから……。

様子を見てとったのだろう、奥村は執拗に陰唇の外側に舌を走らせる。ツーッ、ツーッと繊細なタッチでなぞられるたびに、むず痒いような感覚が甘やかな陶酔に育ち、子宮が熱くなる。

「あっ……あっ……」

奈津子は開いた太腿をぶるぶるっと震わせる。

夫も同じことをしてくれる。なのに、奥村にされると、なぜこれほどにも身体が燃え盛るのか？　やはり、後手にくくられているからだろうか？　それとも……。

左右を丹念に舐められるうちに、気持ちよすぎて、意識が遠のきそうになる。

「感じやすいんだな」

ぽつりと洩らして、奥村は小陰唇に蜜を塗りつけながら、びらびらに沿ってくにくにと指でこねる。

「ぁああ、それ……！」

これまでとは違った掻痒感《そうよう》が込みあげてきて、奈津子は知らずしらずのうちに腰を振りあげていた。

「卑猥な腰だな」

奥村が洩らした言葉が、奈津子を打ちのめす。

男の舌が底のほうに伸びてきた。膣口を舌先が上下左右に弾いた。

「あっ……あっ……」

そこを舐められると、欲しくなる。硬いペニスを膣に深々と打ち込んでほしくなる。

「すごいな。アソコがひろがってきた」

次の瞬間、何かが膣にすべり込んできた。男の指だった。

「うあっ……！」

欲しかったものを貰って、奈津子はぐんと顎を突きあげる。

下腹部から期待感に満ちた疼きがうねりあがってくる。

男の指が動きだした。

抜き差しをするのではなく、膣の天井をノックするように叩いてくる。

それは、いつも奈津子がオナニーをするときにする指づかいと一緒だった。

いいところに指が当たっている。そこをつづけざまに叩かれると、熱い塊がふくれあがり、切なくて切なくてどうしようもなくなって、思わず腰を揺すっていた。

「ぁああ、ダメっ……ダメ、ダメ、ダメっ……うっ、ぁああうぅ」

奈津子は後頭部が背もたれにめり込むほど、身体を反らした。

「締まってくる。ああ、すごい。ひくひく指を食いしめてくる」

奥村がうれしそうに言う。

体内が男の指をくいっ、くいっと締めつけるのが自分でもわかった。

意識的にやっているわけではない。そこが勝手にうごめいて、侵入者を貪欲に感じようとしている。

そのとき、熱い息が恥丘の繊毛を震わせた。

奥村が陰毛の流れ込むあたりを舐めてきた。

指でクリトリスの包皮を剝き、あらわになった本体を舌をちろちろと走らせて、攻めてくる。

（ああ、すごい、すごい、すごい！）

クリトリスは一番の性感帯だった。そこを舌で巧妙にいたぶられ、同時に、膣の感じる部分を指で押しながら擦られる。

身体のなかで、切なさがさらにふくれあがった。それは下腹部から全身へとひろがっていき、奈津子の理性を奪っていく。

「ぁああ、ぁああ……いい。いいのよぉ」

ついに闖入者に絶対に吐いてはいけない、恥ずかしい言葉を口にしていた。いや、すでに羞恥の意識などなかったのかもしれない。

身体を持っていかれるような圧倒的な愉悦の奔流が、腹のほうから突きあがってくる。

「ぁああ、ぁああ、ぁあぁぁぁ……」

ただ喘ぐことしかできなかった。

すでに両足は自由になっているのに、自分から膝を曲げて開き、下腹部をせりあげて、指を深いところへ導こうとしている。

陰核を弾いていた舌が円運動をはじめた。剝き出しになった肉芽をなめらかな舌が微妙に刺激してくる。

「ぁああ、ぁああ……ダメっ、もう、ダメっ……」

そのとき、肉芽を思い切り吸われた。

陰核が千切れそうなほど吸引されて、強い波が押し寄せてくる。

「くうぅ……あっ……あっ……」

ごく自然に下半身が痙攣している。

足の親指が反りかえった。

びく、びくびくっと細かい波が腹部から太腿へと流れ、一瞬、頭が真っ白になった。

5

スカートが抜き取られ、着ているものはセーターだけになった。

「許して、もう許して」

包帯で後手にくくられたまま、ソファに座って、奈津子は首を横に振る。

それが心からの声なのか、演技なのか、自分でもわからない。

「ダメだ。まだ、許さない」

奥村は決して期待を裏切らない。

この人は、自分の性癖を見抜いていて、期待に応えてくれているのではないかとさえ思ってしまう。

奈津子はソファに仰向けに寝かされる。ぎゅうとよじり合わせた足が強い力でひろげられ、奥村がソファに怪我をしていないほうの右足を載せた。

肘掛けを枕替わりにして見ると、いつの間にか奥村は裸になっていた。左の膝と足首に巻かれた包帯の白さが目に飛び込んでくる。

そして、奥村がいきりたつものを奈津子の股間に導いている。

赤銅色にそそりたつペニスは太くて、長い。

(ああ、こんなもので貫かれたら……)

子宮がひろがっていくのがわかる。次の瞬間、それが入ってきた。

入口を突破した硬い肉の棒が、ゆっくりと確実に体内に押し入っている。

大きな楔で体内を無理やり押し広げられるような圧迫感、そして、硬いものが子宮口まで届くその被虐的な悦び——。

「ぅあああっ……!」

奈津子はのけぞって、顎を突きあげていた。

今、あるのは、ただ身体を串刺しにされたその圧倒的な衝撃だけ。

「おおぉ、くうぅぅ」

奥村が呻いた。

奥まで差し込んで、恥毛が接する状態で、顔をのけぞらせている。気持ちいいのだろうか？　奥村も悦んでくれているのだろうか？

「おおぉ、締まってくる。奥さんのアソコが締まってくる」

奥村が気持ちよさそうに言って、腰をつかいはじめた。

両膝を開いて押さえつけ、自分は上体を立てて、腰をくいっ、くいっと振って打ち込んでくる。

速いストロークではない。そのスローだが、感触を味わっているような律動が、奈津子には心地よい。

逞しく、カチカチの怒張が、入ってきて奥まで届き、また、ゆっくりと引き抜かれていく。

そのひと擦り、ひと擦りが、薄皮を剝ぐようにして、奈津子の理性や自制心を削りとっていき、奥底から歓喜に満ちた情動がひろがってくる。

身体が熱い。外側ではなく、内部が熱い。

そして、押し込まれた雁首が引き抜かれていくとき、身体が浮きあがるような快美感が流れる。

（わたしは今、膣で感じている）

求めていることが、今、起こりつつある。相手は、警察の手から逃げてきた殺人の容疑者だ。だが、現実から目をそむけることはできない。

「ああ、ダメだ。出てしまいそうだ」

奥村がそう言って、覆いかぶさってきた。

「奥さん、いや、奈津子さん、惚れたよ、奈津子に惚れてしまった」

上から奈津子を見るその目に、嘘はない気がする。

そして、今、名前を呼ばれたときに、奈津子は胸のうちで甘い悦びが起こったのに気づいていた。

夫は現在、「おい」とか「お前」とか「ママ」と自分を呼ぶ。新婚早々は「奈津子」ときちんと名前を呼んでくれたのに。

だが、今、奥村は、名前を呼んでくれた。

両手が使えたら、きっと抱きついていただろう。それができないことが、もどかしい。

もどかしさのなかで、気持ちを伝えようと、奥村をじっと見た。

奥村の細い目に、自分の愛犬を見るような和んだ色が浮かんでいた。それから、顔を寄せてくる。

奈津子は逃げられない。いや、たとえ自由が利いたとしても、逃げなかった。

分厚い唇が押しつけられ、舌が差し込まれる。

奈津子はその舌を受け入れる。気づいたときは自分から舌をからませていた。

奥村の舌の下に、舌を入れて、ちろちろと横揺れさせる。

舌先を躍らせると、奥村も舌先を同じように揺らして、二人は中間地点で舌をねちっこくからませる。

と、奥村が肩から手を入れて、抱き寄せながら、強く吸ってくる。その貪るような男らしい接吻が、奈津子から理性を完全に奪っていく。

キスから生じる甘い感覚が流れて、下半身も溶けていくようだ。

(ああ、欲しい……突いてください)

心のなかで訴えて、奈津子は腰を揺する。

唇を貪ったまま、腰をくい、くいっと振りあげると、硬い肉棹がいいところを突いてきた。

「んんんっ……んんんっ……ぁああうぅぅ」

キスしていられなくなって、奈津子は顔をのけぞらせて喘ぐ。

恥ずかしい女の声をあげながらも、腰の動きはとまらない。

「エッチな腰だな」

「ああ、言わないで」

奈津子は下からせがむように下腹部を振りあげた。止まらなかった。もっと深いところに打ち込んでほしかった。

と、奥村が乳房にしゃぶりついてきた。

両方の手で、左右の乳房を鷲づかみにされ、荒々しく揉みしだかれ、先端を吸われる。

すでに、乳首は尖りきっていた。

いっそう敏感になった乳首を舌で弾かれ、頬張られ、もう片方の乳首をきゅーっとつまんで引っ張られる。

もう、身体は昇りつめようとしている。乳首を攻めたてられて、甘い奔流が迸り、それが下腹部にも及んで、何が何だかわからなくなった。

「ぁああ、ぁああ、いいの……いいのよぉ……」

洩らす声が、ほとんど泣き声になっている。これが、よがり泣きというものだろうか？　結婚して一度も経験のないよがり泣きというものか？

と、奥村が奥を突いてきた。

両手を膝の裏にあてて、押し広げながら、つづけざまにえぐり込んでくる。

「あっ、あっ、あっ、あっ、あっ……」

ひと突きされるたびに、身体がよじれるような芳烈な快美感が流れ、それがどんどん積み重なって、ふくれあがっていく。

もう目を開けることもできない。

溜まってきたその蓄積が身体を突き破ろうとしている。

「ぁああ、ぁああああ……」

ぐぐっ、ぐぐっと顎と胸をせりあげ、のけぞる。

奥村の上反りした怒張がGスポットを擦りあげ、その勢いのまま奥の感じる箇所へと突き刺さってくる。

奥村の汗がしたたって、腹部へと落ちた。

そのひんやりした感触さえ、今の奈津子には心地よい。

「ぁああ、イク……イクんだわ。わたし、イクんだわ」

思わず訴えていた。

「いいんだよ。イッて……そうら」

奥村がますます強く打ち込んできた。ぐっと奥まで届かせて、そこで腰を回転させてぐりんぐりんと子宮口をこねてくる。

「ダメっ……もう、ダメっ……」

奥村がまた腰を引いて、つづけざまに強烈なストロークを浴びせてくる。

「あ、あ、あ、あ……」

切なくて切なくてどうしようもない快美の塊がふくれあがって、爆ぜようとしている。

(イクんだわ、わたし、イクんだわ……)

奈津子は後手にくくられた手指で、左右の手首をぎゅうと握りしめた。

ズンッ、ズンッ、ズンッ——。

激しく打ち込まれて、膣ばかりか内臓も乳房もすべての器官が揺れている。

「ぁあぁ、イク……イッちゃう……」

「イクんだ」

ぐいっと子宮口を突かれたとき、奈津子はのけぞりかえった。

そこにもうひと突きされて、ふくれあがっていた風船がパチンと爆ぜた。

「……あっ……あっ……」

身体が勝手に躍りあがっている。

もう何もかもがなくなって、頭は真っ白になっている。

空白のなかで、奈津子はどこかに放りあげられる。自分がどこかに行ってしまいそうになって、何かにすがりつきたい。

だが、手はくくられていて、使えない。

「ああ、ぁあぁぁぁ……」

奈津子は何かに捕まることができなくて、どこか知らないところへ放りあげられる。

どこまでも上昇しつづけて、いつまでも落ちていかない。それは、奈津子が生まれて初めて体験する、膣でのエクスタシーだった。

そのとき、奥村の激しい動きで、現実に引き戻された。

奥村は唸りながら腰をつかい、それから、肉棹を膣から引き抜いて、しごいた。

「うっ……！」

奥村の怒張から、白濁液が飛び散り、奈津子の腹と乳房を穢《けが》していく。

ねっとりした温かい粘液が脇腹へと伝い落ち、栗の花の噎せかえるような異臭が鼻を突く。

「はぁ、はぁ、はぁ……」

奥村の激しい息づかいが聞こえる。

そして、奈津子は絶頂の嵐が通過しても、身体がバラバラになったようで、まったく力が入らないのだ。

微塵も動くことができずに、ソファに横たわっていると、奥村がボックスからティッシュを取り出して、奈津子の穢された肌を拭きはじめた。

第三章　処女地の指

1

夜明けまで、あと三時間か……。

成り行き上、朝までここに置いてくれと頼んだものの、しかし、夜が明ければかえって発見されやすくなる。

だが、この怪我の具合を考えると、この家を出て、夜の闇に乗じて逃げたとしても、発見されればすぐに捕まってしまうだろう。片足を引きずりながら歩ける程度で、走ることなどできないのだから。

怪我が治るまで、この家にいるか？　しかし、それはこの母親が許さないだろう。

肘掛け椅子に腰をおろした奥村浩市は、カッと目を開けた。

芦川奈津子は下半身に何もつけないまま、膝掛けをかけられ、後手にくくられた状態でソファに横たわっている。

さっきから、規則的で静かな息づかいが聞こえるから、眠っているのだろう。浩市は自分の奈津子を見る目が違ってきていることに気づいていた。

一目見たときから、清楚だが色っぽさも兼ね備えたいい女だと感じた。話しているうちに、その凛《りん》としているが、やさしく、機転も利く人柄に惹かれた。

そして、今は恋人のように感じる。

やはり、男と女は身体を合わせると、気持ちまで変わるものらしい。

それにしても――この女は奥村の身体の下で、身悶えをし、女の声をあげ、ついには激しく昇りつめた。

なぜあんなにも感じたのだろうか？　亭主に愛されていないようだから、寂しかったのだろうか？

あるいは、拘束されると性感が高まる体質なのかもしれない。そういう女がいることは知っている。

目鼻立ちはしっかりしているが、淑やかな感じの美人で、亭主もＩＴ関連会社の社長をしているらしい。さらに、郊外の高級住宅に住み、性格のいい息子がいる。

本来なら何ひとつ不自由はしていないはずだし、不満などないはずだ。

しかし、彼女は後手にくくられたまま、トイレで闖入者のペニスを一心不乱に頬張り、ソファでは勃起を受け入れて、高みへと昇りつめた。

やはり、他人にはわからない満たされない部分があるのだろう。そして、おそらくそれはとても大きな欠落だ。

では、暁美《あけみ》はどうだったのだろう？

目を閉じると、今、自分を心配してくれているだろう妻の暁美の顔が脳裏をよぎった。

森谷《もりや》暁美との出会いは、三年前に彼女がガードレールにぶつけたという愛車を奥村の整備工場に持ってきたときだった。

暁美は当時三十三歳で、自損事故を起こしても決して慌てないその落ち着いた態度や、着ているものから推して、どこかの奥さんだろうと思った。

それは半分当たって、半分外れていた。

暁美はバツイチで独り身だった。子供もいなかった。

浩市は彼女に強い印象を受けた。大きな目をしているが、物憂げな感じがあった。

浩市が奈津子を見て心が動いたのは、彼女の美人だがどこか寂しげな様子が、暁美と重なったからかもしれない。

ちょっと陰のある女に惹かれるようになったのは、おそらく、自分も寂しさを抱えていて、余りにも明るすぎる女には違和感を覚えていたからだろう。

奥村自動車整備工場をはじめたとき、浩市にはひとつ年下の愛妻がいた。

彼女はよく尽くしてくれて、働き者で、自分の工場を持つことに躊躇していた浩市の背中を押してくれた。

だが、工場が何とか軌道に乗りはじめた五年前に、彼女は癌でぽっくりと逝った。呆気なさすぎる最期《さいご》だった。

従業員のために頑張らなければ、と気は焦るものの、何か大切なものを失ったようで、気力が湧いてこなかった。

今考えると、ぽっかりと開いた心の穴を、暁美が埋めてくれたのだ。

暁美の車を直して引き渡す際に、浩市は彼女と話し込んだ。

相性がいいように感じたし、彼女もそう思ってくれたのだろう。

自分でも不思議なくらいに、暁美には積極的になれた。

当時、暁美は派遣社員として、小さな会社で働いていたが、工場が休みの日曜日には二人で出かけることが多くなった。

浩市は渓流釣りが好きで、四輪駆動でその土地に出かけていっては、渓流で釣りを楽しんでいた。暁美は見た目より足腰が強く、二人で険しい岩場を越えて谷川に出て、釣りをした。彼女も教えられるままに渓流釣りに興じた。

暁美と初めて身体を合わせた場所は、連休を利用した釣りの小旅行での、山間にあるダムの近くのペンションだった。

暖炉が焚かれた部屋で、暁美を抱いた。

しばらく男と縁のない生活を送ってきたからだろうか、暁美は最初はとまどっている様子だった。だが、愛撫をつづけるうちに、堰が切れたように感じはじめた。

いったんそうなってしまうと、暁美はその豊かな性感を一気に解き放ち、浩市のペニスを貪るように頬張り、睾丸にもアヌスにもキスを浴びせ、そして、自ら勃起を招き入れ、上になって腰を振った。

男は自分の想像を超えた行為を女がすると、一瞬、置いていかれた気がして、気後れするものだ。浩市もそうだった。

しかし、暁美はこんな情熱をうちに秘めていたのだ。こういう激しい女なのだ――。

そう認識したとき、浩市は強い欲望を覚えた。

日頃は淑やかで、下ネタの話になると、ぽーっと頬を赤らめる。そんな女がいざベッドインすると、貪るように性を享楽する。

男には願ってもない女だった。

再婚したのは、つきあって一年後だった。

向こうの両親も再婚を喜んでくれた。それはそうだろう、出戻りのバツイチの娘が片づいてくれたのだから。

そして、浩市の周囲もその結婚を歓迎した。

とくに、整備工場の工員たちは喜んでくれた。暁美は時々、工員たちに差し入れをしたりして、ベテランから若い工員までおおむね受けがよかった。

結婚後は、暁美は主婦としてばかりでなく、工場の事務員としても働いてくれた。

浩市も愛しい妻を喜ばせたかった。その笑顔が見たくて、それまで嫌っていた営業も積極的に行い、時には、大手自動車メーカーの担当者や部長クラスと飲食をした。

『美人の奥さんがいるんだって？　ぜひとも拝顔願いたいね』

そう部長に言われて、暁美を酒宴の席に呼んだこともある。今、考えると、それが失敗だった。

大手自動車メーカーの大類隆幸《おおるいたかゆき》という部長が暁美を気に入ったようで、彼は工場にまで足を運ぶようになった。

どうやってそんな時間を捻出するのか不思議で仕方なかったが、とにかく、大類は頻繁に工場にやってきては、浩市が自動車相手に格闘している間、事務所で暁美と二人で過ごすようになった。

気に入らなかったが、うちのような弱小自動車整備工場が大手自動車メーカーのご機嫌を損ねることは、即、業績不振に繋がる。

『悪いな、暁美』

謝ると、暁美はいつもこう言った。

『大丈夫。営業の仕事だと思っていますから。あなたは余分なことに気をすり減らさないで、整備に集中してください』

自分にはできすぎた妻だ。

だが、あるとき、暁美は大類と食事をしなければいけなくなったから、と夕方に出かけていった。

すぐに帰ってくるから安心して、と言われて、止めることができなかった。

その夜、暁美はなかなか帰ってこなかった。ケータイも留守電になっていた。

暁美は深夜になって帰宅したが、どこか様子がおかしかった。何かを必死に押し隠して、平静を装っている感じがした。

『大類に何かされたのか？』

心配になって訊いたが、暁美は首を振るばかりだった。

その夜、暁美を抱こうとした。だが、暁美は拒んだ。セックスを拒否されたのは初めてだった。

絶対に大類に何かされたのだと確信した。

二人の立場を考えたとき、暁美は大類に強くせまられても、それを邪険にはねつけることは難しい。つまり、悪質なパワーハラスメントだ。

いや、もしも暁美が身体を奪われたとしたら、これは犯罪だ。

数日後に、大類がのこのこと工場にやってきたとき、浩市はついに切れた。溜まりに溜まっていた怒りが爆発して、工員の前で大類を罵り、突き飛ばした。

大類は、『もうこれでお前の工場も終わりだな』と捨て台詞を残して、足を引きずりながら帰っていった。

その数日後、大類から、会社に来るように言われた。おそらく、部品の供給停止か何かを言い渡されるのだろうと思った。

だが、それでもよかった。もう覚悟はついていた。

会社を訪れると、案の定、大類にその自動車メーカーとの取引の打ち切りを言い渡された。

小さな応接室だったが、頭に来て、浩市は大類を罵り、そして、ぶん殴った。騒ぎを聞きつけて、社員たちがやってきた。

それでも、浩市は大類の首を締めあげた。

すぐに引き離されて、浩市は社員たちに会社を追い出された。

その翌日、大類からまた呼び出しを受けた。

いったい何の用だ？　問い質したが、会えばわかると言う。

夜、指定された公園の待ち合わせ場所に行った。だが、いくら待っても大類は現れない。

諦めて帰ろうとしたとき、繁みから男の革靴を履いた足がぬっと突き出ているのが、目に入った。イタリア製のその爪先の尖った茶色の靴には、見覚えがあった。

（まさか……）

繁みの向こうを覗くと、大類が頭から血を流して、地面に横たわっていた。

近づいていき、口許に手をあてた。息をしていなかった。

念のために心臓に耳をあてたが、鼓動は聞こえなかった。

腰が抜けた。

そのとき、大類の横に転がっている光るものに気づいた。スパナだった。そのスパナに見覚えがあった。

手に取って見ると、それはやはり、浩市が工場で使っているものだった。柄の部分にマジックで「奥村」と漢字で書いてある。

(何だ、これは?)

自分は昨日、公衆の面前で大類の首を締めあげている。そして、今日呼び出されてここに……そして、このスパナ――。

(どうしたらいい?)

必死に頭を働かせているとき、『キャーッ』という空気をつんざくような悲鳴があがった。

ハッとしてその声のほうを見ると、若い女と男のカップルがいた。そして、女のほうがまるでサイレンのような黄色い悲鳴をあげながら、後退っている。

『違う。違うんだ!』

奥村はとっさにそのスパナを捨てた。

若い男が女を連れて、逃げていく。走りながら、ケータイを取り出して、電話をしている。

110番しているのだろう。

このままでは、いくら無実を主張しても、警察は信じてくれないだろう。状況証拠も物的証拠も揃いすぎている。

奥村は走り出した。

息を切らして、公園を突っ切り、地下鉄に乗った。

その後、一回だけ暁美には連絡を入れた。

状況を説明して、自分は絶対にやっていないことを告げ、無実が証明できるようになったら出ていくからそれまで待つように伝えて、電話を切った。

ケータイはGPSで追跡される可能性があるので、その段階で遺棄した。

あれから一週間が過ぎ、奥村は東京の外れにあるこの土地にやってきた。気をつけていたのだが、警官に職務質問されて、振り切って逃げた。

自分はやっていない。明らかに誰かにハメられたのだ。

それが誰かは残念ながら皆目見当がつかない。しかし、工場のスパナを持ち出せる人物と言うと、限られている。

大類に恨みを抱いている人物は、と考えたとき、妻の暁美の顔が浮かんだ。だが、暁美が大類を殺したとしたら、わざわざスパナを現場に置いて、夫に罪を着せる必要などないはずだ。

それに奥村が家を出るとき、暁美は家にいた。自分より早く、あの公園に着けるはずがない。

よく考えれば、工場からスパナを盗むことは、難しいことではない。

大類に密かに恨みを抱いている者がいて、今回の奥村との喧嘩が公になっていることを利用し、自分に罪をかぶせたのではないか？

しかし、こんな逃亡生活をしていては、真犯人をさがすことさえ難しい。

いっそのこと、自首をするか？　そして、事実を訴えたらどうだろう？

だが、無理だ。証拠が揃いすぎている。

奥村はしばらくうとうとした。

2

浅い眠りのなかで夢を見た。自分が鬼のような形相で、スパナを振りかざして、大類を殴っている夢だった。

ハッとして目を覚ました。

心臓が強い鼓動を刻んでいる。

尿意を覚えて、まだ痛む足をかばいつつ、トイレに行った。やけに黄色い小便がちょろちょろと出た。

すっきりして、リビングに戻ってきた。

奈津子の安らかな寝顔を見たとき、ふいにもうこれ以上、迷惑はかけられないと思った。

奈津子だけではない。二階には友基が眠っている。あんないい子をこれ以上、巻き込むのは不憫だ。

それに、少し眠ったせいか、体に力が漲っていた。挫いた足首はまだ痛いが、我慢すればどうにかなるだろう。

夜が明けないうちにここを出よう。そして、真犯人を見つけ出すのだ。

浩市はセンターテーブルに置いてある救急箱を開けて、湿布を替えた。包帯を強く巻いて、しっかりと足首を固定する。幸い、膝の怪我は思ったほどひどくはない。

立ちあがって、壁にかけてあった革ジャンを外して、はおった。

それから、ソファに近づいていく。ここを出る前に奈津子の戒めを解かなければいけない。

ブランケットをそっと外すと、むっちりとした下半身が目に飛びこんできた。色白できめ細かい肌だが、尻などは豊かに張りつめている。

上半身に白いセーターだけであとは何もつけていないそのあられもない姿が、浩市の劣情をかきたてた。

(ダメだ。何を考えているんだ)

自分を叱責した。ソファに覆いかぶさるように、後手に縛っているその包帯をくるくると外していく。包帯を解き終えて、

「ありがとう。このお礼はいずれする」

小声で語りかけ、上体を持ちあげようとしたとき、下から奈津子の両手が伸びて、首の後ろにからみついてきた。

「………!」

「行ってしまうの?」

アーモンド形の目が見開かれた。眠たそうな目には見えない。起きていたのだろう。

「……ああ。まだ暗いうちに出たほうが……ありがとう。よくしてもらって、感謝してる」

「感謝してる？　だったら、行かないで」

奈津子が下からじっと見あげてくる。乱れたセミロングの黒髪が頬にへばりついている。

「……このままここにいれば、あなたや友基に迷惑をかける。それに、今なら警察にも見つかりにくいだろう」

落ち着いて事情を説明したつもりだ。だが、奈津子は首を左右に振って、気丈に言った。

「その足じゃ、逃げられないわ。もう少しいて。完全に治ってから出ればいい……しばらくすれば、警察の警戒だって緩むでしょ？」

「……自分の言っていることがわかっているのか？」

奈津子は静かに顎を引いた。

「あなたの無実を信じています。できるだけ、力になりたい。もう一晩くらい泊まればいいわ」

「しかし、友基が……」

「友基は大丈夫。今日明日は学校が休みだから、人に言い触らすおそれはないし、それに、友基はあなたを気に入ってる。うちは主人が友基と遊んでくれないの。だから、あなたをパパ替わりだと思ってる。お願い、もう少しいて」

奈津子は哀願するように見あげてくる。

ソファの上のあらわな下半身と、下腹部の撫でつけたような細長い翳《かげ》りが目に入った。

「あなたの部屋を用意します。あまり寝てないでしょ？　そこで、仮眠を取ればいいわ」

「しかし……」

「大丈夫よ。わたしはあなたのことを通報したりしない」

表情をうかがった。その真剣な顔つきは、嘘をついているようには見えなかった。

おそらく、二人が情を交わしたからだ。あのセックスで、奈津子は浩市を愛しく思うようになったとしか考えられない。そして、浩市もこの女との濃密な情交を思い出していた。

「わかった。そうさせてもらうよ」

「じゃあ、来て。足は大丈夫？」

「ああ……」

「二階に使っていない部屋があって、ベッドがあるの。そこまで、大丈夫？」

「ああ、何とかなる」

ついさっきまで、すぐにこの家を出たほうがいいと決めていた。だが、彼女の忠言で簡単に考えを変えてしまった自分は、どうなっているのか？　この心の揺らぎはどこから来るのだろう？

浩市は、奈津子の肩を借りてリビングを出て、廊下を一段、また一段とあがっていく。二階の廊下に出て、

「あっちが友基の部屋。ここが、あなたの泊まる部屋。反対側の角部屋が夫婦の寝室……ちょっと待ってね」

奈津子は子供部屋のドアをそっと開けて、隙間からなかを覗き込む。

白いセーターだけで、下半身はあらわになっている。ハート形に肉の張ったぷりんとした尻たぶが目に飛びこんでくる。

と、奈津子が踵を返した。

「ぐっすり寝てる」

安心したように言い、子供部屋とはひとつ離れたところにある部屋のドアを開けて、照明を点け、浩市を招き入れた。

出窓のある白を基調とした部屋は大きなクロゼットが二つあって、壁に沿ってベッドが置いてあり、ペーズリー模様のカバーがかけてある。

奈津子は「真っ暗だと何かと困るわね」と、カーテンを少し開けた。レースのカーテンがかかっていて、そこからほぼ満月の月が見えた。

それから、浩市に肩を貸して、ベッドに座らせた。すぐ隣に腰をおろして、下腹部の翳りをそっと両手で隠した。

その羞恥に満ちた所作と、むっちりとした太腿が浩市の劣情をかきたててくる。誘っているのだ。そうでなければ、スカートを穿くだろう。

「わたしは、隣の寝室で横になります。そのほうがいいでしょ？　もし、朝方、友基が起きてきても、説明がつくから」

そう言って、奈津子はリモコンを使ってシーリングの照明を切った。

だが、レースのカーテンから忍び込んだ月明りで、おおよその人の輪郭はわかる。

腰を浮かせて立ち去ろうとする奈津子の腕をつかんで、引き戻した。

「……どうしたの？　寝ておいたほうがいいでしょ？　通報したりしな……」

浩市はその唇を奪い、のしかかるようにして、ベッドに押し倒した。

「ダメよ……」

「だったら、どうして引き止めた？」

「そんなつもりじゃ……あっ、んんんっ……」

ふたたび唇を奪うと、奈津子は両手を突っぱねて浩市を押し退けようとする。

奈津子は自分の立場が危うくなることを承知で、浩市を引き止めた。

自分に同情してくれているのだろう。だが、それだけではない。満たされない女の部分を、浩市に満たしてほしいのだ。

自分を匿ってくれるこの女に酬《むく》いたかった。いや、その言い方は偽善的だ。

俺は今この女を抱きたい——。

このときすでに、浩市は奈津子に魅了されてしまっていたのかもしれない。

セーターの両腕をつかんで、頭上に押さえつける。

上から表情をうかがうと、奈津子は顔をそむけて目を合わせようとしない。

「あなたに惚れた。あなたのような人を放っておくダンナの気持ちがわからない」

腕を押さえつけたまま言う。明らかな口説き文句だった。

と、奈津子がおずおずと顔を正面に向けた。その不安げだが、男にすがるような表情がたまらなかった。

顔を寄せて、ふたたび唇を奪う。奈津子はまた顔をそむけた。よじれた首すじが儚《はかな》げで、男心をかきたててくる。頬や鼻筋にちゅっ、ちゅっとキスをし、首すじから舌を這いあがらせると、

「ぁああっ……！」

奈津子は顎を突きあげた。

また唇を奪うと、奈津子はもう抗わなかった。浩市は貪るように唇を吸い、舌を差し込んでからませる。

と、硬直していた奈津子の身体から徐々に力が抜けていき、おずおずと舌をからめてくる。

最初はためらいがあったのに、途中から貪るように舌を吸い、喘ぐような息づかいになった。

浩市は唇を離して、白いセーターの裾に手をかけ、一気にまくりあげて、頭から脱がせた。さらに、ホックの外れていた水色の刺繍付きブラジャーも肩から抜き取っていく。

一瞬見えた形のいい双乳を、奈津子が腕を交差させて隠した。

「仕方がない」

浩市はズボンのベルトを外し、奈津子の両手を前で合わせて、手首のところにベルトを巻きつけた。

この女はおそらく、拘束されることで昂る。そして、浩市は彼女が悦ぶことをしてやりたかった。

ベルトをぎゅっと絞って留めたとき、奈津子は今にも泣き出さんばかりに眉根を寄せたが、同時に、「あっ」と喘ぐような小さな吐息をこぼし、男にすがるような哀切な表情になった。

(何という顔をするんだ)

浩市のなかに潜んでいた男のサディズムが目を覚まし、かきだされる。

なおも、両手を胸前で合わせて、胸を隠そうとするその手をつかんで、頭上に押さえつけた。

「このままだよ。何があっても、この手をおろしてはいけない。わかったな?」

上から強い眼差しで言うと、奈津子はこくっとうなずいた。

まるで、ご主人様の気持ちを推し量っている犬のような従順な目をしている。

やはり、そうだ。この女はこういう星のもとに生まれてきたのだ。

両腕をあげると、乳房もわずかに吊りあがる。

無防備にさらされた乳房は、上方の直線的な斜面を下側の充実したふくらみが押しあげて、誇り高く、そして、男をそそる形をしていた。

硬貨大の乳暈は粒立っていて、ピンクとセピア色を混ぜ合わせたような色をした乳首がせりだしている。

「友基に授乳したのか？」

訊くと、奈津子がうなずいた。

「赤ちゃんに吸われたとは思えない、きれいな乳首だ……このままだぞ。手をおろしてはいけない」

そう言い聞かせて、服を脱ぐ。

上半身裸になって、最後にズボンをおろす。

と、この尋常でない状況が昂らせるのか、もう二度も放出したにもかかわらず、下腹部のものが恥ずかしいほどに力を漲らせているのに気づく。

この逃亡生活のなかで、無論女を抱いていないし、オナニーもしていない。

溜まりに溜まったものが、奈津子という男をそそる女と出会って、一気に噴き出しているのかもしれない。

ボクサーブリーフをおろした途端に、それがぶるんと飛び出してきた。いきりたつものに、奈津子はちらりと目をやり、それから、ぎゅっと目を瞑って顔を必要以上にそむけた。

ひとつにくくられた両腕を頭上にあげ、胸や腋をあらわにした姿勢で、大きく胸を喘がせる。

きれいに剃られた腋の下は、あげられた二の腕と脇腹の交差地点で、微妙なアンジュレーションを見せて、恥ずかしげにその姿をさらしている。

浩市はしゃがんで、腋の下に顔を寄せた。

「あっ……いやです。いやっ……」

奈津子が腕をおろして、腋の下を守った。

浩市はその腕をつかんで頭上にあげ、それはダメだと、首を横に振る。

また腋窩に顔を近づけると、反射的に奈津子はそこを庇おうとする。これだけ真剣にいやがるのだから、おそらく腋を責められるのは初めてなのだろう。さがってきた腕を押しあげ、顔を埋めた。

「ぁああ、いやっ……」

肘を力ずくで押さえつけて、腋の下に顔を擦りつけた。

しばらくシャワーを浴びていないだろうそこは、甘ったるく濃密な匂いに満ちていた。

浩市はちゅっ、ちゅっと窪みにキスをして、舌を這わせる。すべすべに見えた腋窩だが、硬い突起が感じられる。

脱毛処置をした腋ならこうはならないが、おそらく奈津子は剃毛処理をしているのだろう。しかも、浩市が来てからだいぶ時間が経過している。

「腋毛が伸びはじめているらしい。チクチクする」

からかうと、奈津子はもう羞恥の極限という様子で、今にも泣き出さんばかりに眉をハの字にして、

「いや、いや、いや……」

千切れんばかりに首を左右に振る。

腋の窪みにちろちろと舌を走らせる。かぶりつくようにして全体を頬張り、また、窪みの中心を舐める。

と、奈津子の洩らす声音が変わってきた。

あれほどいやがっていたのに、今は、「あっ、あっ」と断続的に声をあげ、

時々、「ぁあああ」と喘ぎを長く伸ばす。

さらに舌を使うと、奈津子は思い出したように、

「いや、いや、いや」

と、首を振りたくる。

それでも、また腋窩を頬張り、しゃぶると、のけぞりながら、ぶるぶると震える。恥ずかしいところを攻められると、いっそう高まるのだろう。そういう性癖を抱えているのだ。

腋の下がべとべとに濡れ光るまで愛撫して、今度はそのまま二の腕をツーッと舐めあげていく。

幾分ゆとりのあるたおやかな二の腕に舌を走らせると、

「ぁあああぁぁぁ……！」

奈津子は感極まったような声をあげ、その声が同じ二階で寝ている友基に聞こえることをおそれてか、顔を横にねじ曲げ、もう一方の二の腕に口を押しつけて、必死に声を封じようとする。

すべすべして、むっちりと肉の詰まった二の腕を、付け根から肘にかけて何度も舌でなぞると、奈津子はびくっ、びくっと震える。

なめらかな肌がいっせいに粟立ち、細かい汗腺の隆起までわかる。

3

浩市にとって、苦しい逃亡生活のなかで出会った奈津子は砂漠で見つけたオアシスであり、また、激しい性愛に没頭する瞬間だけが、このどうしようもない現実を忘れさせてくれる唯一の時間だった。

浩市は乳房を揉み込んだ。

「すごいな。肌が薄くて、血管がどう走っているか、たどれるくらいだ」

汗ばんできた乳房に唇を接したまま言う。それから、薄く張りつめた乳肌から透け出ている血管に沿って、舌を走らせると、

「あっ……くっ……」

奈津子は小さく震える。

だが、頭上にあげた腕は決しておろそうとはしない。ご主人様の命令に忠実に従おうとしているのだ。

(かわいい女だ……)

円錐形の乳房の頂上で、乳首がツンと上を向いている。乳首は赤子に吸われた

せいか、少し大きいが、色はまだピンクを残している。

突起にしゃぶりついて、強く吸うと、

「ぁあああっ……」

奈津子はのけぞって、洩れかかった声を二の腕の内側に押し当てて、懸命にふさごうとする。

乳首を強めに愛撫すれば、感じることはすでにわかっている。

瞬く間に尖ってきた乳首を舌で右に左に弾き、上下になぞりあげた。そうしながら、乳暈ごと根元をつまみ、圧迫しながらくにくにと転がしてやる。

乳首の根っこのほうまで硬くなってきている。

くびりだした突起を舌でもてあそびながら、奈津子を見る。

「ぁああ、ぁあああっ、あっ、あっ……んんんっ」

舌の動きにつれて様々な声をこぼして、奈津子は両腕を頭上にあげて、顎をぐぐっとせりあげる。

首すじの反りかえったラインは儚げで悩ましく、突きあがった顎の先に小さな二つの鼻孔が見える。鼻孔が小さく窄まっているので、尖った鼻の先しか見えない。

浩市はいったん顔をあげて、唾液を落とす。

たらっと粘った糸が伸び、泡立った唾液が乳首に落ちて、その粘液を塗り込めながら、両方の乳首を指先で押しつぶすように、こねてやる。

「ぁあ、ダメっ……くっ、くっ」

奈津子は全身を突っ張って、びくん、びくんと震えた。痙攣が終わると、密生した翳りとともに下腹部がぐぐっとせりあがってくる。

「どうした、この腰は？　したくなると腰がいやらしく揺れるんだな。腰が欲しがっている」

唇を乳首に接したまま言うと、奈津子の腰がぴたりと止まった。

それでも、片方の乳首を吸い、もう一方を指で転がすと、

「あっ……ぁあうぅぅ」

こらえきれない喘ぎとともに、また下腹部が押しあがってくる。

浩市はこの敏感な身体をとことん味わってみたくなった。

色白の裸身を裏返した。美しく官能的な後ろ姿だ。

枝垂《しだ》れ落ちている黒髪を片方に集める。

斜めに黒髪が流れて、あらわになったうなじが楚々として悩ましい。襟足には

繊細そうな後れ毛がふわっと生え、後れ毛の底に小さな黒子が二つあるのが目に入った。

浩市は顔を寄せて、黒子にキスをする。ちゅっ、ちゅっと後れ毛の上から唇を押しつけてから、ぬるっと舐めあげる。

「ぅあっ……!」

奈津子ががくんと首を後ろに反らせた。

浩市は二つの黒子を慈しむように丹念に舐める。柔らかな後れ毛がべとべとになり、黒子も唾液に溺れる。

「ぁああ、初めて。こんなの初めてなの……あっ、あっ」

奈津子が切れ切れに言う。

「こんなかわいい双子の黒子があるのに、これまでの男は気がつかなかったんだな?」

奈津子は否定しない。おそらく事実だろう。

首すじを離れて、舌を肩甲骨に這わせる。ハの字に開いて、うっすらと骨の形を浮き立たせた肩甲骨に沿って舌でなぞる。と、奈津子はまたビクッ、ビクッとして、洩れそうになる声を押し殺している。

きめ細かい肌が、毛穴がわかるほどに一気に粟立ってくる。

敏感な身体だった。こんな感受性の豊かな女体を放っておくなど、亭主の気が知れない。

肩甲骨から脇腹にかけて手でなぞりながら、中央でわずかな窪みを見せる背骨に沿って、舐めおろしていく。

「ぁあああぁ、くぅぅぅ」

奈津子は枕に顔を埋めて声を押し殺しながらも、肢体をのけぞらせた。

ほどよくしなった背骨から腰骨にかけて舌を走らせ、急激に上昇したカーブをなぞっていくと、尾てい骨があった。

指で押すとそれとわかるほどの突起を示す尾てい骨に舌を留めて、ちろちろと舌を打ちつけた。

「あっ、いや……はぅぅ」

奈津子の腰は逃げるのではなく、逆にぐぐっとせりあがってくる。

尻が突きあがると、尻たぶに囲まれたセピア色の小さな窄まりがのぞいた。

幾重もの皺を集めたアヌスはきれいな放射状の菊の形をしていて、誘うように収縮を繰り返している。

浩市は後ろから、尻たぶとともにその窄まり周辺に指を添えて、ぐいと押し広げた。

「ああ、いや……！」

奈津子が懸命に尻たぶを引き締めようとする。だが、いったんひろがったアヌスはびくびくと震えるものの、中心の小さな環状の蕾がさらされてしまっている。

顔を寄せると、そこには馥郁《ふくいく》たる匂いが籠もっていた。その匂いのもとを舐めあげると、

「くっ……！」

大きくのけぞって、奈津子は「いや、いや、いや」と腰を左右に振る。逃げるアヌスを追って、しゃぶりついた。

「ぁあああぁ、ダメぇ」

奈津子はびくん、びくんと尻を痙攣させる。

逃がさないようにがっちりと腰をつかんで、窄まりに貪りつき、舌でこねてやる。

「いや、いや、いや……」

奈津子がなおも腰を逃がそうと身体をくねらせる。

だが、アヌスを吸い、しゃぶり、中央の蕾に舌を横揺れさせるうちに、尻たぶから余計な強張りが取れていき、

「……あっ……あっ……はうぅぅぅ」

ついには高まりをあらわす声をあげる。

女は男にいったん身を任せると、これほど感じるようになるものなのか。まるで身体中が性感帯になっているようだ。

アヌスの周辺を舌で徘徊し、中心に尖らせた舌を押し込むようにする。と、腰がもっととせがむように、ぐぐっ、ぐぐっと突きあがってくる。

「腰を浮かせて、四つん這いに……」

そう言って、腰をぐいと持ちあげてやる。

ベッドに這った奈津子は、ひとつにくくられた両手を曲げて肘を突き、尻だけを高々と持ちあげている。

身体が柔軟なのだろう。背中から急激に盛りあがった腰のラインは女の官能美をたたえ、男の劣情を煽り立てる。

浩市は奈津子をベッドの端まで移動させ、自分は床に降りる。このほうが高さ的に責めやすいからだ。

持ちあがった尻の間に顔を埋めて、亀裂に舌を走らせる。

「ああ、恥ずかしい……ぁあぁぁ」

奈津子はこの恥部をさらけだした格好に、自己陶酔しているかのような艶《なま》めかしい声をあげ、くなくなと腰を揺する。

浩市は、蘭の花のように細長くいやらしい形をした陰部を舐めながら、上方のアヌスを親指でいじった。

あふれている蜜をアヌスになすりつけ、親指の先で刺激しながら、陰唇の狭間に舌を走らせる。

奈津子の女陰は脇のほうにまばらな繊毛がやわやわと生え、本体は蜂蜜を塗りたくったように潤みきり、舌にまったりとまとわりついてくる。

口許が濡れ、ほのかだった匂いも濃厚なものになり、浩市は狭間ばかりか、陰唇にも膣口にも舌を丹念に這わせる。

「ぁああ、ぁああ……」

陶酔した声を長く伸ばした奈津子の、身体中がほぐれ、アヌスの窄まりも徐々にひろがってきて、親指の頭を呑み込みはじめていた。

（イケるかもしれない）

浩市はもう一度親指を舐めてたっぷりと唾液を付着させ、アヌスの入口をほぐしながら、少しずつ力を込める。

と、環状のとば口がゆっくりとひろがっていき、ついには、親指を第一関節まで呑み込んだ。

「くうぅぅ……！」

呑み込んだ瞬間、奈津子は激しく身体をのけぞらせ、それから、縮こまった。

だが、いったんおさまってしまった親指は外れない。

(もっと奥まで入れたい)

力を込めると、窮屈なそこをこじ開けるようにして、親指が根元まで嵌まり込み、

「ひぃっ！」

奈津子は悲鳴に近い声を放ったものの、おさまってしまうと、まるで身体をピンで留められたように動かなくなった。

アヌスの入口がきゅっ、きゅっと親指の根元を締めつけてくる。そして、潜り込んだ親指の先のほうに、何やら温かくて、柔らかなふくらみがまとわりついてくる。

奈津子は時間が止まったように微塵も動かない。いや、動けないのだろう。

浩市が親指をわずかに動かすと、

「ダメ……出ちゃう……」

そう訴える声も、どこか弱々しい。

「何が出るんだ?」

「……」

奈津子は何か言おうとして口ごもり、結局無言のまま静かに首を左右に振る。

「出したって、かまわないんだよ」

浩市はそう言って、また女陰を舐める。

直腸に没した親指でホルモンの感触に似た腸の壁を擦りながら、クリトリスを攻めた。

左指を添えて包皮を剝き、飛び出してきた珊瑚《さんご》色の陰核をちろちろと舌であやす。時には強く弾き、吸い、柔らかく舐める。

と、奈津子の様子が変わった。

「あっ……あっ……」

うつむいたまま声をあげる。開いた内腿に快感のさざ波が走った。

浩市がさらにクリトリスを丹念に刺激すると、

「ぁああ、ねえ、ねえ」

奈津子は切なげに腰を揺らして、せがんでくる。

「どうしてほしい？」

訊いても答えず、奈津子はさかんに首を横に振る。

「言わなくては、できないよ。何が欲しい？」

しばらくためらっていた奈津子が、ぽつりと洩らした。

「あれを……」

「あれって？」

「……わかってるでしょ？」

「さあ、わからないから訊いているんだ。答えるんだ」

最後はびしっと言うと、吹っ切れたのか奈津子が恥ずかしそうに言った。

「お、おチンチンを……」

口に出してしまって、消え入りたげに顔をベッドに埋める。

「おチンチンをどこに欲しいんだ？　ケツの穴か、それともオマ×コか？　どっちなんだ」

「……アソコです」

「それじゃあ、わからない。アソコってどこのことだ？」

「オ、オマ……いや、言えないわ」

奈津子が顔を伏せた。

「オマ×コでいいんだな？」

奈津子は小さくうなずいた。

浩市は顔をあげて、床の上に立つ。

こうすると、ちょうど高さがぴったりだった。尻たぶを引き寄せて、猛りたつものの切っ先を、蘭の花の雌蕊に押しあてた。

「奈津子のほうで入れなさい。どうした、わからないのか？」

叱咤すると、奈津子はためらっていたが、やがて、おずおずと尻を突き出してくる。

だが、それだけではなかなか入らない。

焦れたように奈津子が身体ごと後ろにせまってくる。すると、切っ先がぬかるみを割って、体内へと嵌まり込み、

「うあっ……！」

凄艶な声をあげて、奈津子が背中を丸めた。丸めながらも、ずりずりと尻を後ろに擦りつけてくる。

気持ちと身体が二つに分かれてせめぎあっているのか、時々ためらいつつも、しかし、貪るように腰を後ろに叩きつけてくる。

ハート形の尻たぶの間に、蜜まみれの肉棹が出たり、入ったりしている。

浩市は手を使わずに、下腹部だけを前にせりだす。

そこに、丸々とした尻がぶつかり、身も蓋もない音を立て、その音を恥じながらも、奈津子はもう止まらないといったふうに全身を前後に揺らす。

「いや、いや……見ないで」

そう口走りつつも、全身を使って、男のシンボルを貪ろうとする。

バックの体位が、奈津子は一番感じるような気がする。やはり、獣のように後ろから犯されることで、燃えるものがあるのだろうか？

浩市は、奈津子が腰を後ろにせりだしてきたときを見計らって、ズンッと突いてやる。

尻と下腹が衝突し、切っ先が子宮口にぶつかり、

「ぁぁあんっ……！」

奈津子は動きを止めて、ぶるぶると震える。

「イキたいか？」

「はい……はい……」

そう答える奈津子の、すべてを忘れて絶頂を欲しがる女の性《さが》が、浩市を昂らせる。

ズンッ、ズンッと体内深く打ち込んで、尻たぶをぎゅうと鷲づかみにする。分厚い肉層がたわむのを感じながら、強くうがつと、

「あっ……あっ……ぁあああああ、痺れるの。痺れるの……おかしくなる。おかしくなる」

奈津子がさしせまった声をあげる。

「おかしくなっていいんだ。そうら、もっとだ」

遮二無二《しゃにむに》打ち据えると、

「あんっ、あんっ、あんっ……」

奈津子は喘ぎ声をスタッカートさせ、下を向いた乳房をぶるん、ぶるんと波打たせる。

「そうら、こうされるのが好きなんだろう」

浩市は右手を振りあげて、ピシャッと尻たぶを平手打ちする。乾いた音とともに尻が揺れて、

「ぁぁあっ……！」

奈津子が何とも言えない艶かしい声で喘いだ。

浩市はつづけざまにスパンキングをする。

見る間に尻たぶが朱に染まり、やがて、打擲《ちょうちゃく》された箇所が真っ赤になってわずかにふくれあがる。

浩市が微熱を帯びた赤みを一転して、やさしく撫でると、

「ぁああ、ぁあああ、いい……いいのよぉ」

奈津子は腰を後ろに突き出して、もどかしげに左右に揺すりあげる。

「あさましい奥さんだ。恥ずかしい女だ」

「ああ、そうよ。わたしは恥ずかしい女なんだわ……だから、もっと辱めて。奈津子を落として。突き落として」

奈津子の本音が聞けたような気がした。

「落としてやる。メチャクチャにしてやる」

浩市が腰をつかみ寄せて、激しく腰を叩きつけると、

「あんっ、あんっ、あんっ……ぁああ、ぁあああぁ」

奈津子はひとつにくくられた両手を曲げて、肘を突いた姿勢で、ぐぐっ、ぐぐっと顔をのけぞらせる。

突き刺すたびに、全身が激しく揺れている。

「そうら、イケ。落ちろ」

歯を食いしばって強烈に打ち込むと、

「……くうぅぅぅ、あっ……」

奈津子は飛びずさるように前に突っ伏していく。

結合が外れた女の孔が、内部の潤みきった赤みをのぞかせている。

奈津子は訪れたエクスタシーの波を味わうように痙攣していたが、ついにはぐったりと動かなくなった。

4

浩市はベッドに仁王立ちしていた。

その前に奈津子がしゃがんで、いきりたつものを舐めている。

ベルトで締めつけられた両手を前に垂らし、舌をいっぱいにつかって、怒張に付着した自分の蜜を丁寧に舐め清めている。

奈津子は自分の体内に入ったばかりの男のシンボルを、厭うことなく頰張り、汚れを拭いとろうとしている。

その所作に躊躇はない。

(すごい女だ)

妻の暁美も献身的に尽くし、また、男を貪る。

だが、奈津子とはちょっと違う。暁美は積極的に自分で動くが、奈津子は男に言われたことを忠実に実行することで、悦びを感じているように見える。

それが男に愛おしいと感じさせる。飼い主が愛犬をかわいがるように、奈津子をかわいがりたくなる。

奈津子は蜜をきれいに舐めとると、そのまま頰張ってきた。

ぐぐっと奥まで咥え込み、そこで、胸を喘がせ、スーッと亀頭冠まで唇をすべらせる。

それから、また頰張る。今度は首を少し傾げているので、亀頭部が頰の内側を擦り、彼女が顔を振るたびに、頰のふくらみがずり、ずりと移動する。

当然ながら、美貌が乱れる。

ととのった顔立ちが、片方の頬が大きな飴玉でも入れたようにふくらみ、出来損ないのオタフクのような顔になる。

おそらく、彼女にもそれはわかっているだろう。

男に奉仕をすることで、自分の顔が醜くなる。いや、言い方を変えれば自分はこんなに不細工になるほど男に奉仕をしている——。

それが、奈津子の思いを満足させるのだ。

奈津子は左右の頬の内側に同じように亀頭部をなすりつけ、ゆっくりと吐き出した。

唾液でぬめ光る屹立をベルトでぐるぐる巻きにされた手指で、合掌するようにして包み込み、ゆるゆるとしごきながら、ぐっと姿勢を低くした。

棹の下にぶらさがっている皺袋を舐めてくる。

縮れ毛がもやもやと生えた袋を、その皺をひとつひとつ伸ばすかのように丹念に舐める。そうしながら、じっと見あげてくる。

いっぱいに出されたサーモンピンクの舌が袋を下からなぞりあげる。

そして、顔を横向けた奈津子は、とても幸せそうに目を細め、瞳を潤ませて、浩市に気持ちいいですか、と訴えかけるような眼差しを向ける。

「気持ちいいよ。最高だ」

褒めると、奈津子はふっと照れ臭そうに微笑み、身体をもっと低く沈ませた。睾丸の裏側から会陰部へと、舌を横揺れさせて刺激してくる。蟻の門渡《とわた》りは男のもっとも敏感な部分のひとつだ。

縫目に似たそこを奈津子は懸命にしゃぶり、吸う。

浩市は足を開いている。その股ぐらに潜り込むようにして上を向いているので奈津子の表情が手に取るようにわかるのだ。

「ぁあぁ……ぁあぁ……」

口を開けたまま惚けたような声をあげ、時々、ちらっ、ちらっと浩市を見あげる。

その舌がもっと奥に届いた。

奈津子はアヌスを舐めているのだった。

もうしばらくシャワーも浴びていないし、風呂にも入っていないから、きっと匂うだろう。だが、奈津子は臭いなどという素振りはいっさい見せず、一心不乱に舐めてる。

よく動く、女の尖った舌が排泄の孔をこじ開けようとする。

「そこは、もういい」

きつく言うと、奈津子は自分のことを否定されたように感じたのか、表情が可哀相なくらいに曇った。

「何を落ち込んでいるんだ。そんな暇はないだろ？」

叱咤すると、奈津子の表情が引き締まった。

きりっとした顔で睾丸から裏筋を舐めあげ、そのまま屹立を上から頬張ってきた。

亀頭冠を中心に唇を往復させながら、根元のほうは合掌の形の手指でしごいてくる。

唇と手を同じリズムで動かして、男のシンボルを駆り立てようとする。

それから、指を勃起から離し、口だけで追い込みにかかる。

ずちゅっと奥まで頬張っては、まるで獣が餌を食い千切るときのように顔をS字に振る。

「おっ……！」

強い刺激を受けて、分身が躍りあがった。

だが、ここは奈津子をもっと被虐の際へと追い込みたい。

浩市はいったん肉茎を吐き出させると、ひとつに縛られている奈津子の腕をあげさせる。両手をつかんで頭上に伸ばし、無防備な状態で腰を振って、屹立を口に叩き込んでいく。

くちゅくちゅと淫靡な唾音とともに、奈津子の口角から泡立った唾があふれでてくる。

浩市がもっと強く腰を振ると、切っ先がずりゅっ、ずりゅっと小さな口腔にめり込み、

「うぐっ……うぐぐぐっ……」

奈津子は苦しそうに顔をゆがめる。

「こっちを見て」

叱咤すると、おずおずと顔をあげる。

Oの字に開いた唇の間を、おぞましいほどの肉棹が行き来し、唾液とも胃液ともつかないものがすくいだされて、口角を顎に向かって垂れる。

腕をさげようとするのを強引にあげさせたまま、浩市はさらに口腔を犯した。

(もっとだ、もっと！)

えずいて、苦しそうに見あげる奈津子の目には、涙さえ光っている。

「ごふっ、ごふっ……」

奈津子が咥えたまま、噎せた。唾液が迸りでたとき、浩市は我に返った。

ハッとして肉棹を引き抜く。

「悪かったな。大丈夫だったか？」

しゃがんで、女体をぎゅっと抱きしめてやる。

「平気です」

奈津子は両腕で作った輪っかを、浩市の首の後ろにかけて、気丈に言う。

そのけなげさが、浩市の胸を打った。

「もう一度、奈津子のなかに入りたい。繋がりたい。いいか？」

「はい……わたしも……」

奈津子をそっと仰向けに寝かせて、膝をすくいあげ、恥肉に切っ先を押しあてた。そこは石榴《ざくろ》が爆ぜたように、赤く裂けている。

押し込んでいく。

両膝の裏をつかんで押しつけながら、ねじ込んでいくと、女の坩堝《るつぼ》がそれを歓迎するようにうごめき、もう逃がさないとばかりにからみついてくる。

浩市はかぶさっていき、唇を奪い、舌をからめながら、腰を律動させる。

必死に舌を突き出していた奈津子だったが、湧きあがる愉悦が勝ったのか、

「ぁあああ、あなた！」

と、両手で抱きついてくる。

浩市はすぐ近くにある耳を舐めしゃぶりながら、腰をつかって、屹立を叩き込んでいく。

「気持ちいいか？」

耳元で訊くと、

「はい……はい……おかしくなる。もう、おかしくなってる」

奈津子が囁く。

「俺もだ。お前が俺をおかしくさせる」

まったりとした肉襞が波打つように分身にからみついてきて、もう、長くは持ちそうにもなかった。

浩市は上体を立てて、奈津子の足を肩にかけた。

両足を肩に担ぐようにしてぐっと前に体重をかける。すると、奈津子の肢体が腰のところで鋭角に折れ曲がって、

「あうぅぅ……」

奈津子が顎をいっぱいに突きあげた。

窮屈で苦しい姿勢だろう。だが、それが奈津子の性感を昂らせることもわかっている。そして、浩市のシンボルはいっそう深く突き刺さって、子宮口まで届いている。

障害物がなくなって、ダイレクトに奥を突いている気がする。

浩市はほぼ真下に見える奈津子の顔を見おろしながら、腰を振った。

すると、イチモツがずりゅっ、ずりゅっと窮屈な肉路をうがち、奈津子の持ちあがっていた腰がさがる。

今度は引きあげていく。と、奈津子の腰も持ちあがってくる。

体重を両手で支えて、腰をバネのようにつかうと、奈津子の腰の揺れが少なくなって、打ち込みの衝撃がダイレクトに伝わっていく。

「うっ……うっ……うっ……はうぅぅぅぅ」

奈津子が頭上にあげた手指をチューリップのように開いた。その長い指がこわばっている。

ズン、ズンッと打ちおろすと、開いた指が握られてグーを作る。また、引いていくと、指が開いてパーになる。まるでジャンケンでもしているような指の動きを目に焼きつけながら、浩市は打ち込む間隔を狭めていく。

肉の槌が女の臼を打ち、奈津子はそのたびにずりあがりながら、

「あっ……あっ……はうぅぅ……ぁああ、ぁあああ……ぁあああぁぁ」

すでに、子供のことなど頭から飛んでしまったのだろう。心を掻きむしられるような喘ぎをこぼす。

奈津子は顔をのけぞらしたり、横に振ったり、上体をよじったりしながら、身悶えをする。

浩市の脳裏から、自分が警察に追われていることなど消え去っていった。あるのはただこの女をイカせたい。それだけだ。

下腹部が甘い疼きに満たされ、ひと擦りするたびにそれがふくらんでいく。この機会を逃したくない。

睾丸が引き攣るほどの快美感がせりあがってきた。

「おおぅ、奈津子さん、奈津子！」

「……あっ、あんっ、あんっ……ぁああ、ぁあああぁぁぁ」

「イクぞ。イク……おおぉぉぉ」

つづけざまに腰を躍らせた。

「あっ、あっ、あっ……イク、イッちゃう……やぁあああああああぁぁぁ」

奈津子がぐんとのけぞった。

今だとばかりに、浩市は腰を振った。痙攣する膣肉をふくれあがった怒張がうがち、奥まで突いたとき、浩市も射精しかける。

とっさに引き抜くと、白濁液が飛び散って、奈津子の乳房に噴きかかる。

ドクッ、ドクッと精液が発射され、その間も、奈津子は、

「あっ……あっ……」

と声をあげて、身体をのけぞらせている。

仄白い腹部を波打たせ、のたくらせ、エクスタシーの残滓《ざんし》を貪欲に味わい尽くそうとしている。

放出し終えたとき、浩市は自分が空っぽになったような気がして、もう微塵も動けないのだった。

第四章　息子の目を逃れて

1

土曜日の午後、裏口の前に立った芦川奈津子は、二人が裏庭でキャッチボールをする姿を、目を細めて眺めていた。

裏庭は林に面していて、生け垣が周囲を囲んでいるので、道路からも隣家からも見えない。パトカーのサイレンも遠くで聞こえるものの、このへんには来ていない。

テレビゲームばかりやっている友基を見かねたのか、奥村がたまには外で遊ぼうとキャッチボールに連れ出したのだ。

家には一応二つのグローブと小さなバット、それに小学校の低学年用の柔らかな軟式ボールが用意してあった。

友基はキャッチボールをほとんどしたことがない。

夫はスポーツが嫌いで、以前にキャッチボールをしたときも、ボールのコントロールが悪く暴投ばかりで、友基もすぐいやになってしまった。もちろん、奈津子はまったくできないので、友基は野球から自然に足が遠のいてしまっていた。

だが、この時期の子供は吸収が速いのだろう。最初はボールを怖がって顔をそむけていた友基も、奥村が丁寧に教えてくれるお蔭で、徐々にボールをキャッチできるようになった。

時々、右足を出して右手を振り降ろしたりと妙な投げ方をしているが、不思議にコントロールはいい。

「友基は肩が強いな。ピッチャーになれるんじゃないか？」

奥村に褒められて、友基は自信を持ったのか、投手のように振りかぶって投げたりする。

「おっ、いい球だ。よし、俺がキャッチャーをやる。友基は我がチームのエースだ」

奥村は目の前に石を幾つか置いてホームベースを作り、痛めているほうの足を横に伸ばし、体重がかからないようにして、ホームベースの後ろにしゃがむ。

友基が投げる前に、太腿の奥で何本かの指を開いたり閉じたりして、サインらしきものを出す。

と、友基はいつの間に覚えていたのか、サインに偉そうにうなずき、振りかぶって投げてくる。

距離が近いので、ワンバウンドになることはない。

奥村は多少逸《そ》れたボールでも上手くキャッチして、巧みにストライクのコースにグローブを持ってきて、

「ストライク！」

と、声をあげるので、友基は満更でもないという顔をする。

時々、友基がとんでもない暴投をすると、奥村は痛めた足を引きずりながら球を追いかける。そのうちに、その姿を気の毒に感じたのだろう、暴投をすると友基が「オジちゃんはいいから」と奥村を制して、自分でボールを走って取りにいく。

親バカかもしれないが、何ていい子だろう、と思う。

微笑ましく感じて眺めていると、

「ママ、ママもやってよ」

友基がこちらに向かって走ってくる。

「無理よ。ママ、野球なんてやったことがないもの」

「誰だって、最初はやったことがないんだよ。そうだ、バッターをやってよ」

そう言って、友基がバットを差し出す。低学年でも振れる軽い金属バットだ。

「やったらいいさ。大丈夫、教えるから」

奥村が笑顔で声をかけてくる。

迷ったけれども、せっかくの親子水入らずの雰囲気を壊したくなかった。バットを持つと、

「振ってごらん」

奥村が言う。

見よう見まねでバットを振ると、奥村が苦笑した。

「握り方が違う。手が逆だ。ほら、右手が上で左手が下……」

奥村は後ろから、握り方を直してくれる。

「いいか。バットは後ろの肩の前にグリップがくるようにかまえて……」

と、奥村が背後から奈津子の手の位置を直してくれる。そのとき、奥村の体が触れて、奈津子の身体は奥のほうから蕩けそうになる。

「強く握りすぎだ。バットは軽く持って……そう、力を抜いて……で、ボールが来たらそこにバットの太いところをぶつけるように突き出せばいい。振らなくていいんだよ……こうだ」

奥村が奈津子の腕をつかんで、バットを前に突き出すようにする。

「ボールが当たる瞬間だけ力を入れればいいんだ」

「……わかったわ」

「じゃあ、やってみようか。友基、投げてみろ……そうだな。下からでいい」

そう言って、奥村がキャッチャーの位置に座った。

友基がそっと下から山なりのボールを投げてくる。

「今だ」という奥村の声とともにバットを振ったが、見事に空を切った。

本気にやって当たらなかったことが恥ずかしくて、顔が赤くなるのがわかる。

「惜しかった。もう少しで当たるよ。友基、もう一球だ」

奥村が緩いボールを返す。ボールを受け取った友基が、

「ママ、マジになりすぎだよ。遊びなんだから、リラックスしなよ」

やけに大人びたことを言う。

「そうね……リラックスね」

奈津子は力を抜いて、バットを肩の前にかまえる。

「もう少し、バットを寝かせて」

奥村に言われて、立っていたバットを横にした。

「それでいい。ボールをよく見て、バットを自分の腕だと思えばいい」

奈津子はうなずいて、「ボールをよく見て」と自分に言い聞かせた。

「じゃ、行くよ」

友基が下から山なりのボールを投げてきた。

近づいてくる。ボールから目を離さず、いったんあがったボールが落ちてくる瞬間を見計らってバットを振った。

キン――。

高い金属音とともにバットがボールをとらえた。

ちょっと重いような衝撃を感じたが、そのまま腕を前に突き出した。すると、自然に腰がまわって、ボールがふわっとあがり、それはすぐに落ちないで、生け垣を越えて、林のなかへと飛び込んだ。

「すげえ、バカ力！」

ボールが消えていた方角を確かめてから、友基が言った。だが、母親がこんなホームランを打ったことを喜んでいるのか、顔は笑っている。

「いやぁ、まいりました」

奥村が苦笑いをしている。

「ボク、ボール取ってくるよ」

「俺も行くよ」

「オジちゃんはいいよ。その足じゃ、無理だよ。大丈夫、絶対に見つけてくるから」

友基が裏木戸を開けて、林に入っていく。

「自分でもびっくりよ」

「そうだな」

立ちあがった奥村がふらついたので、とっさにその体を支えていた。

抱き合う形になって、奥村を見て言った。

「ありがとう。奥村さんのお蔭だわ。友基がこんなに元気に外で遊ぶのは初めて……」

「きみも楽しそうだった」

「奥村さんだって……」

じっと目を見ると、奥村が顔を傾けながら唇を寄せてくる。

自分でも驚くほど自然に、唇を合わせていた。

奥村がぎゅっと抱きしめてくる。

汗の匂いがした。この分厚い胸に身を預けたくなる。

だが、友基にこんなところを見られたら、困る。

「ダメっ……友基が……」

突き放すと、奥村が「そうだな」と林のほうを見た。

だが、今のキスで身体が奥村を欲していた。二人になるためには――。

「あの……」

「何?」

「うちの車、調子が悪いの。見てくださる?」

「……いいぞ。どこが調子悪い」

「発進するとき、車がすぐに出ていかないの。それに、エンジンが妙な音を立てて……」

「そうか……よし、見てみよう」

「すみません」

「あったよ!」

友基の溌剌とした声が聞こえた。手にボールを持った友基が裏木戸から入ってくるところだった。

「友基、悪いな。そろそろやめよう。ママの車の調子が悪いらしい。見てくるよ」

「えっ……オジちゃん、車のこともわかるの？」

「ああ……車はとくに詳しい」

「すごいな。オジちゃん、何だってできるんだね」

友基が奥村を明らかに尊敬の目で見ていることがわかる。

「じゃあ、野球道具を片づけようか。いいか、使った道具は必ず終わったときに片づける。それが、何でも上達するコツだ」

「うん、わかった」

後片付けのできない友基が、グローブとボール、バットを持って、裏口から家に入っていく。

（この人が夫であり、友基のパパだったら）

奈津子は奥村の広い背中を見つめていた。

2

シャッターの閉まった車庫で、奥村は車のボンネットを開けて、それを支持棒で支え、なかに頭を突っ込んで手を動かしている。

奈津子はそんな奥村の後ろ姿を眺めている。

働く男の姿を見ていると、何だか胸が熱くなって、スカートのなかもぞわぞわしてしまう。

「よし、これでいい」

奥村がエンジンルームから顔をあげて、額に噴き出した汗を袖で拭った。

「エンジンの力を伝えるベルトが緩んでるな。応急処置をしたけど、業者に見せて、ベルトを交換したほうがいい。それと、エンジンがオイル漏れを起こしていたから、直しておいたよ」

奥村はボンネットを閉め、運転席に乗り込んで、エンジンをかけた。

これまで感じていたエンジンのいやな音がきれいになくなっていた。

奥村がエンジンを切ったところで、

「そのまま、座っていてもらえますか？」

そう言って、奈津子は反対側のドアを開け、助手席に身体をすべりこませる。

もう、我慢できなくなっていた。

運転席の奥村をじっと見て、唇を寄せた。すると、奥村も応えて、唇を強く吸ってくる。

舌をからめあうと、身体が蕩けていくようで、同時に熱いものが下腹部からひろがってくる。

奥村とのセックスの快感をすでに身体が覚えていて、キスをするだけで、全身が男を受け入れる準備をしはじめるのだと思った。

唇を離すと、奥村が言った。

「友基は大丈夫なのか？」

「今、テレビゲームをしているから……それに、車庫には内側から鍵をかけたから、誰も入ってこられないわ」

「そうか……最初からそのつもりだったんだな」

「違います」

言い当てられて、それを否定する。

「恥ずかしそうな顔をしたね。きみはすごく素直なんだな」

微笑んで、奥村がまた唇を合わせてくる。

上唇をついばむようにしてから、舌を差し込んでくる。奈津子もそれに応えて舌をからませる。

奥村も舌を吸いながら、奈津子のセーターの胸をまさぐってくる。

ついさっきまでエンジンを調整していた彼の指からは、機械油特有の揮発性の匂いがする。

(ああ、男の匂いだわ)

大きな手がセーターの上から乳房を荒々しく揉み込んでくると、子宮がふくれあがるような高揚感が下半身にひろがる。

何かしてあげたくなって、奈津子はキスをしながら、手を彼の股間に伸ばした。

撫でさすると、ズボンのなかのものはたちまち漲ってきて、硬い棒になるのがわかる。

(ああ、この硬いものが欲しい……)

奈津子がズボンのファスナーに手をかけると、奥村は自らベルトを緩めて、ズボンとボクサーパンツを膝の下までおろした。

転げ出てきた肉の棍棒はぐんと上を向いていきりたち、それが、奥村がいかに自分を女として見てくれているかを伝えてきて、奈津子はうれしくなる。

身体を投げ出すようにして、運転席に屈んだ。

この車はコラムシフトで、シフトレバーがハンドル軸に取り付けてあるので、邪魔になることはない。

そそりたっているものを握ると、ドクッ、ドクッという力強い脈動を手のひらに感じる。

てらつく亀頭部にキスをして、尿道口の割れ目を舌で細かく舐める。

そんな、自分の大胆さに驚いていた。

カーセックスなどこれまでしたこともない。それに、まだ真っ昼間で、リビングでは息子が遊んでいて、いつ来ないとも限らない。

なのに、奥村のここが恋しくてたまらず、危険を犯している。

鈴口を丁寧に舐め、出っ張りの大きなカリを下から撥ねあげながら、ぐるっと一周させる。

「おっ……あっ……」

と呻いて、足を突っ張らせる奥村が愛おしくてならない。

びくっ、びくっと頭を振る逞しい肉の塔を、上から咥え込んだ。

朝方、シャワーを浴びたせいか、それは昨日ほど匂わない。それを物足りなく感じてしまう。

気持ちが急いでいてか、ごく自然に速いピッチで唇をすべらせていた。

ぐちゅ、ぐちゅ、ぐちゅ——。

自分が立てている唾音が恥ずかしい。だが、羞恥を覚えるほどに、身体の奥で何かがぞろりとうごめく。

パンティのなかが濡れてきたのがわかる。

したくてたまらない。だが、自分からしたいとは言い出せない。

そんな気持ちをぶつけるように、根元を握ってしごき、同じリズムであまっている部分に唇を往復させる。すると、ますます張り出してきたカリが唇に引っ掛かって、それがこの肉棹が膣を引っ掻くときの快感を思い出させた。

吐き出して、肉棹を握りしごきながら、じっと奥村を見た。

これが欲しいという気持ちを込めて見つめ、強くそれをしごいた。

と、気持ちが伝わったのか、

「下着を脱いで、こっちに……」

奥村が言う。やはり、この人は期待を裏切らない。

奈津子はフレアスカートのなかに手を入れて、オフホワイトのパンティを引きおろし、足先から抜き取った。穿いていたパンプスも脱ぐ。

それから、シートを運転席のほうに移る。奥村はいつの間にか、リクライニングシートを少し後ろに倒していた。

奈津子は奥村と向かい合う形になって、男根をいきりたたせている奥村の下半身をまたいだ。

シートの両端に足を置き、邪魔なフレアスカートをはしょり、腰にまといつかせた状態でお相撲さんがするような蹲踞《そんきょ》の姿勢を取った。

奥村はそんな奈津子をじっと見つめている。

奈津子は肉茎に手を添えて導きながら、腰を前後に揺すった。すると、丸い頭部がぬるっ、ぬるっと陰部の谷間を擦ってくる。

自分がとても淫乱なことをしているようで、奥村に語りかけていた。

「恥ずかしいわ。軽蔑しないでね。こんなわたしを軽蔑しないでくださいね」

「しないさ……じつは俺も整備を終えたときから、こうしたいと思ってた」

そう言って、奥村は奈津子の顔を両手で挟んで、ちゅっ、ちゅっと唇にキスをしてくる。

(この人はほんとうにやさしい)

すでに奈津子の頭のなかでは、奥村が無実の罪で警察に追われている不幸な人——というイメージができあがっていた。だから、もう怖くはない。むしろ、助けてあげたい。

奈津子はそそりたつものめがけて、ゆっくりと腰を沈めていく。恥ずかしいほどに濡れている女の証が、男のシンボルを呑み込み、体内が引き裂かれるような衝撃が突きあがってくる。

「ぅあっ……！」

腰を落としきったところで、震えるような甘美さが奈津子を満たした。多幸感と言うのだろうか、全身が欲しかったものを受け入れた悦びに満ちている。

ただ繋がっているだけなのに、自分のアソコが悦んで、ひく、ひくっと侵入者を締めつけている。

「おおぉ、締まってくる……くうぅぅ」

奥村が心底気持ちよさそうに呻いた。

奈津子は両手で奥村の肩につかまって、ゆっくりと腰を前後に揺すった。すると、体内を硬い肉の棹がぐりぐりとえぐってくる。

「ぁああ、奥村さん。わたし、おかしくなってる。おかしいのよ。普段はこんなじゃないの」

言い訳じみたことを口にしながら、奈津子はなおも腰を振る。

いや、もうすでに自分の意志というより、身体が勝手に動いてしまっている。

奥村がセーターをめくりあげて、ブラジャーごと乳房を揉みしだいてくる。

今日はオフホワイトのレース刺繍の付いたブラジャーをつけていた。自分を清純で品のいい女に見せたいから、白を選んだ。

奥村の手がブラジャーをぐいと押しあげたので、カップがずれて、乳房が転げ出てきた。

「ああ、恥ずかしいわ」

「きれいなオッパイだ。車のなかで見ると、余計にいやらしい」

奥村は左右の乳房をぐいぐいと揉みあげ、それから、乳首を指でつまんで、くりっ、くりっとねじってくる。

快美感のパルスが流れて、

「ぁああ……いい」

奈津子は顔を撥ねあげていた。

そして、湧きあがる快美感をぶつけるように、腰を前後に振りたくる。

「ぁああ、ぁああ……気持ちいいの。いいのよぉ」

目を瞑って腰を揺すると、体内をうがつ肉棹がどこに当たっているかが感じられて、ごく自然に気持ちいいところに当たるように腰の振り方を調節していた。

ふと目を開けると、奥村はそんな奈津子の様子をじっと観察している。

その冷静さが悔しくて、ぎゅっと唇を嚙む。

すると、奥村が乳房に顔を埋めて、乳首にしゃぶりついてきた。

乳首を吸われ、舌であやされると、強烈なパルスが下半身にまで流れて、奈津子はまた自分から腰をくなり、くなりと揺すっていた。

奥村はその腰に手を添えて、動きを助けるように力を込めながら、乳首を甘嚙みしてくる。

「ぁあ、くっ……くっ……」

痛いほどではない。だが、その硬い歯列が乳暈と乳首を擦ってきて、それがズキッ、ズキンと体奥に響きわたる。

と、奥村は今度は一転して、やさしく舐めてくる。

自分でもつらいほどに勃起した乳首を舌でなぞられると、身体が夏の水飴みたいに蕩けていく。

「ぁああ、ぁああ……」

奥村の首すじにぎゅっとしがみついて、腰を揺すっていた。

だが、好きなように腰を振れなくて、イケそうでイケない。

それを見てとったのか、奥村は繋がったまま、ドアを開けて外に出た。

「いやっ……」

落ちそうになって、奈津子は奥村にぎゅうとしがみつく。

と、奥村は奈津子を抱きかかえたまま、のっしのっしと歩いていき、奈津子をボンネットの上におろした。

「あんっ……」

さっきエンジンをかけたせいで少し温まったボンネットの硬い感触が、スカート越しに伝わってくる。

奥村は奈津子の膝を押しあげて、激しく打ち込んでくる。

スカートがまくれあがってしまい、下半身があらわになっている。

恥ずかしい。恥ずかしすぎる。

こんなことは初めてだ。自分は今、愛車のボンネットに寝かされて、男に貫かれている。

奥村も昂奮しているのか、つづけざまに突いてくる。

野太いものので体内をズンズンとえぐられると、その衝撃が内臓や乳房を揺らして、その全身の振動が奈津子を狂わせる。

「あんっ、あん、あんっ……」

両手をひろげて、わずかな温もりのあるボンネットを掻きむしった。

奥村の激しい律動が伝わるのか、車体もそのリズムで揺れ、その揺りかごの上で、奈津子も揺れている。

「気持ちいいか？」

奥村が動きながら、訊いてくる。

「はい……はい……。おかしくなる。おかしくなる……ぁああ、あんっ、あんっ、あんっ……」

目を開けると、車庫の天井が濡れているように見える。細長い蛍光灯の明かりが眩しい。

ひと擦りされるたびに、切ないような叫びたくなるような快感がふくれあがって、全身を満たした。

（ああ、イクんだわ）

また、膣で気を遣りそうだ。膣でイケなかったのに、奥村が相手だと何度でも昇りつめることができる。

「ああ、イキそう。イカせて……お願い」

「そうら、イケ」

奥村は膝の裏をぎゅっと手でつかんで、強いストロークをつづけざまに叩きつけてくる。

熱い塊がぶわっとひろがって、子宮がふくらんでいるのがわかる。

(ダメっ……イッちゃう。また、イッちゃう!)

首を持ちあげて、奥村を見た。

奥村は昂奮した目を奈津子に向け、息を弾ませ、一心不乱に腰を打ち据えてくる。

「あんっ、あんっ、あんっ……ぁあああ、また。また、来るの」

「いいぞ。イケよ」

「ああ、犯して。奈津子をメチャクチャにして……くうぅぅぅ」

「そうら……」

ボンネットが激しく揺れて、その上に仰臥した奈津子の肢体も同じリズムで弾む。

切なくて切なくてどうしようもない情動がもう限界まで来ている。

「くうぅぅ……くうぅぅ……」

奈津子の身体を、稲妻のような戦慄が駆け抜けていった。

「……イクぅ……」

のけぞって、ボンネットを指で引っ掻いた。

身体がバラバラになるような絶頂の津波が襲いかかってくる。

「あっ……あっ……」

その波が頂上に来たとき、奈津子は声をあげる。

ぐぐっと背中が弓なりに反ってしまう。そして、下腹部ももっとイキたいとばかりにあさましく上下に打ち振られる。

目眩くエクスタシーの津波が通り過ぎていき、奈津子は急に恥ずかしくなって顔を腕で隠した。

3

キッチンで、奈津子は食べ終えた夕食の食器を洗っていた。

テレビでは録画してあった、友基の好きな戦隊もののドラマが再生されていて、友基はそれを見ながら、奥村にいろいろとその戦隊のことを解説している。

そして、奥村はうんうんとうなずき、時々、質問を浴びせかけたりしている。

友基には、オジさんはまだ足が回復しないから、明日まで泊まっていくと言ってある。友基もうれしそうだった。

もう一晩、せめてもう一晩だけ、奥村にはいてほしい。

皿洗いが終わったとき、家の前に車が停まる音がした。

（警察……！）

奈津子と奥村はほぼ同時に、窓から外を見た。

家の前の道路に、高級セダンが停められて、ドアが開き、中年の恰幅のいい男と若い女が出てきた。

心臓が縮みあがった。夫の武司と前妻の娘である蛍子だった。

（どうして、二人が？）

頭のなかを様々な思いが駆けめぐる。

「誰？」

奥村に訊かれて、

「主人と、娘の蛍子ちゃん。主人が前妻に産ませた子よ」

答えると、奥村の表情がこわばった。

「わかった。そろそろ、ここを出たほうがよさそうだ。裏口から出るよ」

奥村が耳打ちしてくる。

「……ちょっと待って」

裏口に向かおうとする奥村を引き止めていた。

地元のテレビ局の放送では、まだ、警察がこのへんを重点的に調べていて、検問を実地し、大勢の警官が見回りをしていることをニュースで告げていた。

そして、もうひとつ――。奈津子はまだこの男を離したくなかった。

「……今出たら、警察に捕まっちゃう。大丈夫。すぐに返すから、ここにいて。お願い」

奈津子はそう懇願していた。

「いや、だけど……」

幸い、夫と蛍子は車を出たところで話し込んでいて、まだ玄関には近づいてこない。

奈津子はとっさに友基に言った。

「友基、パパと蛍子ちゃんが来たみたい」

「えっ、そうなの?」

「ええ……で、友基に頼みがあるの」

「何?」

「パパが留守のときに、家に他の男の人を入れないように、パパにはきつく言われていて、オジさんのことを話すと、ママは叱られるの……だから、オジさんのことは黙っていてほしいの」

「わかった。それで、オジちゃんは帰っちゃうの?」

「いいえ、家にいてもらうわ。そのほうが、友基もいいでしょ?」

友基が大きくうなずいた。

「そうすれば、二人が帰ったら、またオジさんと遊べるでしょ?」

「うん、そうだね」

「だから、友基はオジさんのこと、パパには絶対に言わないでほしいの。できるかな?」

「ああ、できるよ」

「じゃあ、二人がいる間、オジさんには二階のあの部屋に隠れていてもらうから。友基もそのことは絶対に言ってはダメ。こうよ」

奈津子が口の真ん中に指を立てると、友基も同じように指を立てて、シーッと言う。

あの部屋を、二人はよほどのことがない限り、開けることはない。夫はリビングと夫婦の寝室しか入らないだろうし、蛍子は一階の客間を寝室として使う。

大丈夫よ、と自分に言い聞かせ、友基の肩に手を置いた。

「じゃあ、オジさんを部屋に案内してあげて」

「わかったよ。何か、ドラマみたいだね。よし、ボク、オジちゃんを守るよ」

友基は目を輝かせて、奥村の手を引いた。

「行こっ」

「あ、ああ……」

奥村は納得していないようだが、奈津子の強引さに驚きながらも従うしかないと思っている様子で、友基に手を引かれて、二階にあがっていく。

しばらくして、ピンポーンとチャイムが鳴り、インターフォンの画像に武司の顔が映った。

「開けてくれ。蛍子もいるんだ」

蛍子が後ろから顔を出して、にっこりと笑った。

「今、開けます」

奈津子は、部屋に奥村がいた痕跡がないかを素早く確認する。壁に革ジャンがかかっているのを見つけて、窓下の収納戸棚に放り込んだ。

それから、玄関に向かう。

玄関を開けると、武司と蛍子が入ってきた。

「おい、お前のケータイ通じないぞ。家の電話もダメだ。どうしてだ？」

武司が靴を脱ぎながら言う。

「ゴメンなさい。今、わたしのケータイは故障していて、修理に出しているんです……家の電話も通じないんですか？」

「ああ……」

「わかりました。調べてみます」

「心配したぞ。ここに来る途中に検問にあって、このへんに殺人犯が逃げ込んでるそうじゃないか。何かがあっても、電話が通じないんじゃ困るだろう」

「そうですね、すぐに調べます」

「俺は用があって、明日の朝早く出なくちゃいけない。蛍子も一緒に乗せてくけど、ちょっと心配だな」

眉をひそめて言って、武司があがってくる。

「お邪魔します」

と、その後から蛍子も家にあがる。

二人とともにリビングに向かいながらも、奈津子は気が気でない。

奥村が何か痕跡を残しているのではないか？　夫は明日の朝帰ると言うが、それまでに奥村が見つかってしまわないか？

武司はリビングにバッグをおろすと、早速、電話を調べはじめた。電話線をたどっていって、コンセントの前にしゃがんだ。

「おい、プラグが外れてるじゃないか。今の電話は電気が通じてないと、使えないんだぞ」

武司がプラグをコンセントに差し込むと、奇妙な機械音がして、電話が機能を取り戻した。

「これでいい」

「友基は？」

「二階にいます」

奈津子は廊下に出て、

「友基、パパが帰ってきたわよ」

声を張りあげると、

「ハーイ」

元気のいい返事が聞こえて、バタバタッと階段を駆けおりる音が近づき、友基がリビングに入ってきた。

「おお、友基。相変わらず元気だな」

武司は息子をハグして、頭を撫でる。

「学校のほうはどうだ?」

「ボク、国語のテストで百点取ったよ」

「ほう、すごいな。さすが俺の息子だ」

奈津子は友基が『オジちゃん』のことを喋ってしまわないかと気が気でない。

だが、友基は父親に対して笑顔を作り、学校のことなどを訊かれるままに話していて、同じ屋根の下に『オジちゃん』がいることなどおくびにも出さない。

やはり、友基はほんとうに奥村さんが好きなんだわ。子供心に必死に守ろうとしている——。

(奥村さん、大丈夫かしら?)

二階の部屋に今、じっと身を潜めているだろう奥村の心配をしつつも、奈津子は紅茶を淹れて、買い置きのしてあったクッキーとともにセンターテーブルに出す。

「お前も座れよ。落ち着かないだろ」

武司に言われて、奈津子もソファに座る。

肘かけ椅子には夫が、三人用のソファには、友基を真ん中に、両側に奈津子と蛍子が座っている。

「いただきます」

と、蛍子が紅茶を飲む。

ブラウンがかったショートヘアで、きれいな顔をしている。適度に高く、ツンとした鼻は外国人の気の強い美人女優に似て、目もぱっちりとして、長い睫毛が上を向いている。

ざっくりとしたニットを着て、膝上二十センチほどの大胆なミニスカートを穿いていて、すらりと長い足が突き出ている。

蛍子は武司の前妻と一緒に、関西に住んでいて、関西の大学に通っている。

今年入学したばかりで十九歳のはずだが、気が強く、時々、奈津子を刺すような目で見ている。

当然、実母の味方だろうから、奈津子が憎いのだろう。奈津子が原因で二人は別れたのだから。

「蛍子が上京するって言うから、連れてきたんだ。ホテル代がもったいないからな」

「すみません。突然来てしまって……父から電話を入れてもらっていたんですが、なかなか通じなかったみたいで」

「わたしが悪いのよ。蛍子ちゃん、ゆっくりしていってね」

「そうもできないみたいなんだ。蛍子も明日用があるとかで。朝、一緒に出るから」

内心はよかったと思いつつも、心のうちとは違うことを言う。

「残念ね。もっとゆっくりしていけばいいのに……」

「泊めていただくだけで、感謝していますから……あの、友基くんと遊んでいいですか？　友基くんの部屋で」

「いいけど……せっかくだから、ここで遊べばいいのに」

二階にあがると、奥村が発見されてしまうおそれがある。

「テレビゲームをやるから、煩《うるさ》いんで。友基の部屋でやります。いいよね、友基くん?」

「うん、行こ」

「しょうがないな。パパが帰ってきてるっていうのに、テレビゲームか」

武司が不満そうに言う。

「いいじゃない、パパ。あたしと友基くんの仲がいいほうがいいでしょ」

「まあな……」

「じゃあ、行こっか」

階段をあがる二人の足音が聞こえる。

足音が消えると、武司がこちらのソファにやってきて、奈津子の隣に座った。

「蛍子のこと、複雑な気持ちだろうけど、仲良くしてやってくれ」

横から見て、スカートの太腿の上に手を置いてくる。

「わかってるわ」

「蛍子も友基も俺の血が流れてるんだからな」

そう言いながらも、武司は右手でスカート越しに太腿を撫でさすっている。

武司の様子がいつもとは違う。

「ちょっと……」

　その手を外そうとしても、武司は手をどけようとしない。それどころか、強引にフレアスカートのなかに手をすべり込ませてくる。

最近は自分からせまってくるようなことはなかったのに……。

「あなた、どうしたの？」

夫の手首をつかんで、顔を見た。

「どうもしてないさ。ただ、何か、お前急に色っぽくなったな。フェロモンがだだ漏れしてる感じだ。何かあったのか？」

武司が言いながら、手を差し込んで、太腿の内側を撫でてくる。

「何もないわよ。へんなことを言わないでください」

もしも、この同じ屋根の下に警察に追われている容疑者がいて、しかも、妻と彼がすでに何度も身体を重ねていると知ったら、夫はどんな顔をするだろうか？

それを、いい気味だと思っている自分が怖い。

しかし、そんなに自分はフェロモンとやらを出してしまっているのだろうか？

奥村との情事で、身体がそういうモードになってしまっているのかもしれない。

そして、男は発情した女を敏感に嗅ぎ分ける能力を持っている。

「ほら、触ってみろ」

武司が奈津子の手をつかんで、股間に持っていった。

ズボンのそこはテントを張って、硬くなっていた。

「奈津子、なっ、いいだろ？」

「やめて……二人が来たら、困るわ」

「じゃあ、寝るときにな」

「……お風呂を沸かすわね」

奈津子は矛先をかわして立ちあがり、バスルームに向かった。

4

奈津子は風呂からあがり、夫婦の寝室に向かう途中で、奥村の隠れている部屋を訪ねた。

「わたしです」

ドアの前で囁くと、ドアがわずかに開かれた。

部屋に身体をすべり込ませると、うす暗がりのなかで手をつかまれた。

その機械油と男臭さが混ざったような体臭——奥村の匂いだ。

「様子はどうだ?」

奥村の囁く声がする。

「夫と蛍子ちゃんは、明日の朝には家を出ます。夫は隣の寝室で、蛍子ちゃんは下の和室の客間で寝ます。二人とも気づいていないから、じっとしていれば大丈夫。トイレは平気?」

「ああ……友基に言って、空きビンを持ってきてもらった」

「そう……」

「匂うだろ、小便が」

「あまり……」

気づかってそう答えたものの、かすかに時間の経過した小水の匂いがする。

「これから、寝室へ行きます。夫がすごくセックスをしたがっているから、拒めないかもしれません。そのときは、耳をふさいでいて」

「わかった」

二人はどちらかともなく抱き合った。このまま、奥村の胸のなかに顔を埋めていたい。だが、それはできない。

奥村を突き放した。

「お休みなさい……明日の朝まで、ここで我慢してね」

「わかった」

うなずいて、奈津子は部屋をそっと出る。

廊下に出て、寝室の前でいったん立ち止まって、覚悟を決める。

セックスに応じないと夫は不機嫌になる。この状態ではそれは避けたい。満足してぐっすりと休んでほしい。

ドアを開けて、寝室に入っていくと、武司がこちらを見て、ノートパソコンを閉じ、

「待ってたぞ。遅かったじゃないか」

不満そうに言う。

「ゴメンなさい、ちょっと……」

「俺のためにアソコをきれいに洗っていたとか？」

武司が笑って言う。

女のその気を削ぐような下品な冗談を、この男はなぜ言うのだろう？

「来いよ」

招かれて、奈津子はシーリングライトをスイッチで消してベッドの端に座る。

ベッドの枕元のスタンドライトだけが、ベッドと武司をぼんやりと浮かびあがらせている。

武司が後ろから、胸のふくらみを包み込んできた。白いワンピース形のナイティ越しにノーブラの乳房を揉みしだきながら、耳元で囁いた。

「ほんと、急にエロくなったな。どうしたんだ？ 男でもできたのか？」

「馬鹿なことは言わないで。そんなこと言うなら、応じませんよ」

今夜は武司に対して強気になれる。

夫には会社に愛人がいて、都心のマンションで密会を重ねている。そんな男に対してこれまでは離婚されるのがいやで、従順を装ってきた。だが、今は奥村を知ったせいか、強気になれる。

「悪かったな……それだけ、お前が色っぽいってことだよ」

へりくだって言い、武司はナイティの襟元から右手をすべり込ませてくる。

左側の乳房をつかんで、指を食い込ませる。

（違う……この手じゃない）

違和感を覚えてしまう。

夫は体格はいいが、パソコンを打ちやすい指に進化してしまったのか、女の指のように細くて、長い。

だが、奥村の指は太く、ゴツゴツしていて、機械油の匂いがする。その男らしい指に奈津子は惹かれてしまっている。

「好きだよ、奈津子。お前と一緒になれて、よかったよ」

そう後ろから囁いて、武司は首すじにキスをする。

名前を呼ばれるのはひさしぶりだ。

だいたい、女とセックスしたくてしょうがないときに吐く男の言葉ほど信用できないものはない。そのくらいのことは、この歳になればわかっている。

それでも、フーッと耳元に息をかけられ、乳首をくりっとつまれると、

「んっ……！」

思わず声が出た。

「今夜はやけに反応がいいな。乳首があっと言う間にカチカチになった。お前はこうされると感じるんだよな」

武司は髪に顔を埋めながら、荒い息を吹きかけ、乳首をきゅっとつまんで、くりっ、くりっと横にねじってくる。

「うっ……くっ……」

奈津子は手の甲を口にあてて、洩れそうになる声をふさいだ。

どうしたのだろう？　いつもより感じてしまう。

この二日で、奥村に何度も抱かれて、身体が男の愛撫に応えるように変わってきているのかもしれない。

（ダメよ。隣には奥村がいる）

耳をふさいでいるように頼んだけれども、彼はきっと息を潜めて夫婦の寝室の様子をうかがっているだろう。

彼に、自分が夫相手に感じていることを知られたくない――。

武司がナイティの裾をまくりあげて、首から抜き取っていく。

パンティだけの姿に剝かれて、奈津子は両手で胸を隠した。

と、武司は腋の下から両手をねじ込んで乳房を鷲づかみにして、もぎとらんばかりに揉みあげてくる。

「あっ……！」

「そうら、感じただろ？　お前はちょっと乱暴にしたほうが感じるからな」

耳元に生温かい息をかけて、武司は左右の乳首を指で挟んで、こねてくる。

「んっ……んっ……いや。下に蛍子ちゃんがいるのよ。聞こえてしまう」

奈津子は、下で寝ているはずの蛍子を引き合いに出して、武司の気持ちを削ごうとする。だが、武司には効果はないのか、耳元で言った。

「聞かれたってかまわないさ。夫婦がセックスするのは当たり前じゃないか。蛍子だって、もう大人だ。俺たちの仲がいいんだってことがわかって、かえって安心するさ」

「あなたは、女の気持ちが全然わかってないのよ」

「……わかりたくもないね」

女の存在を否定するようなことを平気で言って、武司は右手を太腿の奥に伸ばした。

左手で乳房を揉みしだき、乳首をこねながら、右手でパンティの基底部をさすってくる。

「いやっ……」

その腕を押さえつけていた。

「いやじゃないんだろ、ほんとうは？　その証拠に、パンツが湿ってきたぞ。どんどん濡れてくる。ほら、ぐちゅぐちゅ言ってる」

確かに、かすかな音がする。

（いや、いや、いや……）

だが、武司の指は布地越しにクリトリスをさぐりあて、突起をくるくるとまわし揉みする。

（感じたくない……！）

必死に他のことを考えようとする。しかしそのとき、体勢のせいだろうか、夫の整髪料の香りを強く感じた。

エタノールやグリセリンの混ざった、ツーンと鼻を刺すような香り——。

奈津子はこのフレグランスに発情する。

身体の奥がざわめいた。

そして、もっとも感じる陰核を布地越しに刺激されると、疼くような快感の波が起こり、徐々にひろがっていく。

「いや、いや、いや……」

奈津子は感じまいとして、首を振りたくった。

と、夫の指が下着の上からすべり込んできて、今度はじかにクリトリスに触れてくる。

二本の指で周辺をきゅっと引っ張りあげられると、それが剝き出しになるのがわかる。もう一本の指先が本体を柔らかくなぞってきた。

「あんっ……！」

喘いでしまって、慌てて手の甲で口をふさいだ。

それでも、感じるポイントを指腹で柔らかく愛撫されると、ズキズキした疼きが身体を走り抜けて、

「あっ……んんんっ……いやっ、ぁあうぅぅ」

はしたない声をあげて、のけぞっていた。

「こんなに感じているくせに……パンツを脱げ」

「いやよ」

「しょうがないな」

武司はいったん前に来て、パンティに手をかけて引きおろし、足をあげさせて抜き取っていく。

それから、ベッドの端に奈津子を座らせ、背後にまわって、両膝をつかんで、ぐいと開いた。

「見てみろ。何が見える？」

おずおずと前を向くと、壁に立てかけてある姿見に、大きく足をひろげられた

女の屈辱的な姿が映っていた。

「ああ、いやっ……」

見たくなくて、奈津子はぎゅっと顔をそむけた。

恥ずかしさに顔がカッと熱くなる。だが、心臓はドクッ、ドクッとはっきりとわかるほどの鼓動を打っている。

「そうら、見ろ。お前のオマ×コ、ぱっくり開いてるじゃないか。光ってるぞ。どうしてこんなに濡らしてるんだ？」

奈津子は無言で首を左右に振る。

「見るんだ、奈津子！」

強く言われると、奈津子はいつも逆らえない。

ゆっくりと視線をあげると、等身大のミラーに、足をM字に開かされ、黒々とした翳りとその下の女の苑をさらけだされながらも、それを悲しげに見ている自分がいた。

普段、武司はこんなことはしない。きっと、何かを敏感に感じ取っているのだ。

武司がまさかのことを言った。

「自分で慰めろ」

「えっ……？」

奈津子は鏡越しに、夫の表情をうかがう。

「オナニーしろと言ってるんだ。やれよ！」

奈津子の後ろから顔を出した武司が、激しい口調で言う。

彼はこれまでベッドではこんなサディスティックな物言いはしなかった。

「わ、わかったわ」

強く出られると、奈津子はどうしても逆らえない。

おずおずと両手を股間に伸ばし、右手で裂唇をなぞりながら、左手で右手の動きを隠した。

「それじゃあ、見えないよ。どうせなら、両手でビラビラをひろげてみな」

武司が嬉々として言う。まるで、新しい遊びを見つけた子供のように、目がきらきらしている。

奈津子は許して、という気持ちを込めて、鏡のなかの夫を見た。

だが、夫は「いいから、やれよ」と引こうとはしない。

身を苛《さいな》む恥辱感のなかで、奈津子は両手の人差し指を添えて、かるく左右にひろげる。すると、陰唇が開いて、赤い潤みがぬっと現れた。

「ああ、いやです」

「ほんとは悦んでいるんだろ？　開いたり、閉じたりしろ」

指を動かすと、それにともなって陰唇がくちゅくちゃといやらしい音を立てて開閉し、とろっとした蜜が狭間からしたたり落ちた。

「よし、今度は指を突っ込め。ペニスだと思って」

命じられて、奈津子は中指と薬指を一気に押し込んだ。甘美な衝撃が流れて、

「うはっ……！」

顔を撥ねあげていた。

「ピストンしろ」

「ああ、あなた、もう許して……」

「ダメだ。許さない。やれよ」

「ぁああ、許して……お願い、許して……」

そう口走りながらも、奈津子は二本の指を抜き差ししていた。

天井の感じるポイントを指先で引っ掻くようにすると、あの頭の芯が痺れるような快美感がうねりあがってくる。

「見ろよ。恥ずかしい自分を見ろよ」

武司に叱咤されて、ためらいつつも前を見る。

鏡のなかで、もうひとりの奈津子があまさしく指で体内を攪拌している。

「胸を揉めよ」

「はい……」

畳み込まれると、奈津子はぼぅっとしてしまって、訳がわからなくなる。

左手で乳房を揉みしだき、頂上の突起を指に挟んでくにくにと圧迫する。そうしながら、根元まで挿入した指で体内を掻きまわした。

ぐちゅ、ぐちゅ――。

卑猥な音が立って、それが奈津子を打ちのめす。

「いやらしい女だな。お前は貞淑そうな顔をしているのに、ほんとは淫乱なんだ。知ってるぞ……ほうら、太腿がびくびく震えてるじゃないか」

「ああ、違うわ」

「違わない。もっとだ。イクまでしろよ」

「いやよ、いや……あっ、あっ、あんんん」

奈津子は指を激しく抜き差しして、感じるところを擦っていた。

「ほら、自分を見ろよ」

奈津子は鏡のなかの自分と目を合わせる。いやらしい目をしていた。快美感に酔っているようにぼぅとしていて、何かにすがりつくような、今にも泣き出しそうな表情をしている。

ちゃっ、ちゃっ、ちゃっ——。

淫靡な粘着音が規則的に響き、ひと擦りするごとに、切ないような叫びたくなるような情動が内側からふくれあがってくる。

「ぁああ、ぁああ……許して……イっちゃう。もう、イッちゃう」

鏡のなかの夫に訴えていた。

すると、武司は奈津子をベッドに這わせた。

四つん這いになると、いつも胸の奥がきゅんと痺れる。

尻をつかみ寄せられた次の瞬間、武司が後ろから貫いてきた。

男のシンボルが入ってきた瞬間に、奈津子の身体をエクスタシーにも似た戦慄が走り抜ける。

「ぁあああっ……」

オナニーで昇りつめる寸前だった身体は、一気にどこかに連れ去られていく。

（いやらしいわたし。淫乱なわたし……ああ、でも、でも……）

武司が呻きながら突いてくる。硬いものがズンッ、ズンッと奥を突くたびに、

「あっ、あっ、あっ……」

あられもない声が洩れてしまう。

隣室では、きっと奥村が聞き耳を立てている。彼に聞こえてしまう。男なら誰だって感じる女だと思われてしまう。しょせん、淫乱女と思われてしまう。

だが、止まらない。

もう、止められない——。

第五章　隣室の喘ぎ

1

『あんっ、あんっ、あんっ……』

ベッドで息を潜めて横になっている浩市に、隣室から奈津子の喘ぎ声が聞こえてしまう。

聞きたくない。

浩市は両手で耳をふさいだ。

それでも、奈津子の声は手と耳の間から忍び込んでくる。

(ダメだ。ダメだ……)

浩市は布団をかぶって、丸くなる。もう、ほとんど聞こえない。だが、そうなると、逆に気になってしまう。

布団から頭を出すと、

『ぁああ、いい……いいのよぉ……』

奈津子のあられもない声が耳に入り込んでくる。

(くそっ、くそっ、くそっ！)

得体の知れない怒気が込みあげてくる。

(嫉妬か……それとも、ダンナを相手に感じている奈津子に怒っているのか？)

夫婦なのだから、夫がたまに帰ってきたときに、セックスするのはごく自然なことだ。だが、奈津子は夫とは上手く言っていないのだと洩らしていた。夫には、他に女がいるのだとも――。

しかし、この喘ぎ声は何だ？　自分が隣室にいることを知っているのだから、当然、喘ぎ声が漏れてしまうのもわかっているだろう。

浩市はまた耳をふさいだ。

だが、しばらくすると、手を耳から外してしまう。

『やめて……それはいやっ……やめて……ぁあああぁぁ！』

奈津子の声がする。

(何だ、何をされているんだ？)

アナルセックスか？　それとも、バイブか何かの道具を使われているとか？

どんどん妄想だけがふくらんでいく。

しばらくすると、あんなにいやがっていた奈津子が、女の声をあげはじめた。

『ぁああ、ぁあああ……いいの。いいの……あなた、あなた……』

『どうした、奈津子』

『おしゃぶりさせて。あなたをおしゃぶりさせて』

かすかな物音がして、隣室は静かになった。

(フェラチオをしながら、何をされているのだ?)

するとまた、奈津子の声が聞こえてきた。

『ああ、ください……あなた、これをください』

そして、ギシッ、ギシッとベッドが軋む音がして、

『ぁああ、ぁあああ、そうよ……気持ちいいの。気持ちいいの……あん、あんっ、あんっ……』

奈津子のあからさまな喘ぎ声が壁を通して、漏れてくる。

そして、あってはならないことが起きた。浩市の下腹部が力を漲らせてきたのだ。

(ダメだ……ダメだ)

だが、気持ちとは裏腹に、右手がズボンの下に潜り込んでいた。

それは、熱くなって、ドクッ、ドクッと強い鼓動を刻んでいる。

(そうか、俺は奈津子とダンナのセックスを盗み聞きして、昂奮しているのか？)

そんな下劣な自分がいやになる。

だが、奈津子の喘ぎ声を聞きながら肉棹をしごくと、下腹部に圧倒的な快美感がひろがって、脳味噌がおかしくなるような昂奮に襲われる。

(おおぅ、奈津子……！)

今日ボンネットで犯したときに奈津子が見せた痴態や、表情を思い出しながら、屹立をしごいた。ズボンとボクサーパンツを膝までおろして、いきりたつものを右手で擦りあげた。

『あんっ、あんっ、あんっ……』

奈津子のさしせまった喘ぎが、昂奮に拍車をかけた。

はぁ、はぁ、はぁ――。

自分の荒い息づかいと、肉棹を擦るねちゃ、ねちゃっという音が聞こえる。

もう少しで射精というところで、
カチャ――。

ドアが開けられる音で、ハッとして動きを止めた。

と、何者かが近づいてくる。

ベッドに上体を起こし、立ちあがろうとしたとき、いきりたつものをぎゅっと握られていた。

何が起こっているのか、皆目見当がつかない。女の声がした。

「心配しないで、人を呼んだりはしないから……友基くんから聞いたの。怪我をしたオジちゃんが家にいるって……でも、すごくいい人だし、このことをパパには絶対に言わないでくれって」

薄暗がりのなかでも、それが誰かわかった。蛍子だった。

「あなた、警察に追われている人でしょ？」

レースのカーテンから忍び込んでくる月明かりを反射しているのか、大きな目が猫の目のように光って自分を見つめている。

「……目が慣れてきたわ。やっぱり、そうだ。テレビで見たわ。確か、奥村――。そうでしょ？」

ドキッとしながらも、浩市はシラを切る。

「違う」

「……いいのよ。あなたが奥村さんだとしても、あたしは警察に通報する気はないの。だって、そうでしょ？　もう二日も奈津子さんはあなたを匿っているんだから……ここであたしが通報したら、奈津子さんや友基の立場がないもの。パパだって、面子が潰れる」

囁くように言いながらも、蛍子は肉棹を指で擦ってくる。勃起をしごかれて動転しつつも、浩市は答えを返した。

「……そうしてくれると、助かる」

「やはり、奥村ね」

「……たとえそうだとしても、俺は殺していない。無実だ。冤罪なんだ」

浩市も隣室に聞こえないように、小声で言う。

「信じるわ。友基が悪い人をあんなに好きになるはずがないもの。それに、奈津子さんもあなたを庇っているようだし……それも無理やりじゃなくて、自分の意志であなたを庇っている」

そう言って、蛍子がいきなり勃起を頬張ってきた。

「……おい？」

蛍子はぎゅっ、ぎゅっと肉棹の根元をしごき、あまっている部分に唇をすべらせながら、じっと浩市を見あげる。

暗がりのなかで、大きな瞳がきらきらと光っていた。

「どういうつもりだ？」

蛍子は亀頭部に唇を接したまま、言った。

「あなたに興味を持ったの。警察に追われる身でありながら、友基や奈津子さんを虜にしたあなたに……」

「それとこれとは違うだろ？」

「ふふっ、違わないわ。あたしはセックスをして、男を知ることにしているの。言葉では虚栄を張れるけど、セックスではほんとうの自分が出る。セックスは嘘をつかない。そうでしょ？」

蛍子はまた唇をかぶせて、亀頭部を唇でしごき、指では根元を擦りあげる。

「……やめろ。気づかれる」

浩市は隣の部屋を見る。

「大丈夫よ。二人ともさかってる真っ最中だもの。あなただって、さっきオナってたじゃないの。セックスの声を聞いて、昂奮してたんでしょ？」

蛍子が肉棹を吐き出して言う。その間も、肉茎を指でしごいている。

「下にも聞こえてきたわ。あんな声聞いたら、たまらないわよ」

蛍子は身体を預けるようにして、浩市を後ろに倒した。

馬乗りになって、着ていたワンピース形のナイティの裾を腕を交差させて持ちあげ、めくるように頭から抜き取った。

現れた伸びやかな裸身が、浩市の目を奪った。

下着はつけていなかった。

スレンダーで若鮎《わかあゆ》のような生きのいい身体で、形良くまとまった乳房は上を向き、洋梨のように乳首がくびれて尖っていた。

ショートヘアのととのった小顔が、上からじっと浩市を見据えてくる。

こぼれ落ちそうな大きな瞳に見つめられると、魂を縛られているようで、ただただ見つめ返すことしかできなかった。

「奈津子さんと寝たんでしょ？」

小さな唇が動いた。

「……いや」

「いいのよ、嘘をつかなくても。奈津子さん、やけにセクシーだから、どうしたんだろって思っていたの。あなただったのね。あなたが、彼女を目覚めさせたのね？」

「……違う」

「彼女を庇っているんだ。そうよね、人妻が逃亡者を匿って、肉体関係を持ったなんてことが明るみに出たら、奈津子さん、身の破滅だものね」

「……違うと言っているだろう」

「大丈夫よ。そんなことは言わないから。黙っておいてほしいのなら、あたしを抱いて。いい加減には抱かないでね。マジに抱いて」

上から真っ直ぐに見て、蛍子は身体を寄せ、顎から首すじにかけてキスをおろしていく。

「ふふっ、無精髭が痛いわ」

口許を吊りあげて、今度は耳元に顔を寄せて、耳たぶや中耳を舐める。

喘ぐような息づかいとともに、舌が耳を這う粘着音がすぐ近くで聞こえる。

「うっ……やめろ」

「やめないわよ。だいたい、そんなこと言える立場じゃないでしょ？　通報されたくなかったら、今後、いっさい拒否の言葉を吐かないで」

耳元で強く言って、蛍子は中耳に丸めた舌を差し込んでくる。

「はぁぁ」という息づかいとともに、中耳が擦れるざらざらした音が大きく聞こえる。

(おかしい、この女、おかしい……)

そう思いながらも、爬虫類の粘液にからめとられていくようなその境地が、どこか心地よくもあった。

蛍子は耳から舌を抜くと、浩市の着ていたTシャツをまくりあげて、胸板に舌を這わせる。

そうしながらも、肉棹を握ってしごいている。

まだ十九歳のはずなのに、男を愛撫する術《すべ》に長けている。

(こんな女がいるのか……)

乳首を舐められると、ぞわっとした快美感が流れた。

「今、チンコがびくって……感じるのね、乳首が」

かわいい小悪魔のように言って、蛍子はまた乳首にキスをして、吸ったり、舌で転がしたりする。同時に、下腹部のそれを強弱つけてしごいてくる。

目を瞑ると、いったんおさまっていた奈津子の喘ぎが壁を通して漏れてきた。

(また、はじめたのか……)

壁一枚隔てたところで、二組の男女が身体を合わせている――。

と、蛍子が上体を起こして、浩市の顔面にまたがってきた。

「舐めて……」

目の前で、長い太腿が蹲踞の姿勢でひろがり、その中心に女の口がひろがっていた。薄い繊毛の流れ込むあたりに、こぶりだが陰唇のぷっくりとした雌花が鮮やかなサーモンピンクの内部をのぞかせて、ひくっ、ひくっと収縮する。

従うしかなかった。

両手で膝を抱え込むようにして、べろっと舐めあげると、

「んっ……！」

蛍子がびくっとして、顔を撥ねあげた。

蛍子のそこは匂いも味もなかった。

奈津子のそれが芳香を放つ熟れた果実だとすれば、蛍子のそこはまだ青い、フレッシュな果実だった。

だが、狭間に沿って舌を走らせるうちに、おびただしい蜜があふれて、舌で蜜を全体に伸ばしているような感じになった。

そして、蛍子は隣室を意識しているのか、手の甲を自ら嚙んで、洩れそうにな

る声を必死にこらえている。

上を見ると、二つの充実した乳房が見事なふくらみを示し、その間で、尖り気味の顎が突きあがっていた。

浩市はその姿を美しいと感じた。

性格はともかく、蛍子は官能美に輝いている。これでまだ十九歳なのだ。

あふれでるとろりとした蜜を舌ですくいあげ、裂唇になすりつける。さらに、笹舟形の上方に突き出ている小さめの肉芽を舌で弾いた。

「んっ……んっ……んっ……」

舌が触れるたびに、びくん、びくんと肢体を痙攣させながら、蛍子は必死に手の甲を噛んで、声を押し殺している。

浩市はおかめの顔のようにふくらんできたクリトリスにしゃぶりつき、吸った。

「ああんん……」

蛍子は喉元を衝いてあふれた喘ぎを、両手で口をふさいで抑える。

言葉とは裏腹にけなげさを見せる蛍子に、浩市も発情していく。

太腿をつかんで引き寄せながら、肉芽をれろれろと舌で弾き、また、貪りつく。

それを繰り返しているうちに、蛍子はもう蹲踞の姿勢を保っていられなくなった

のか、身体を前に倒して、

「あっ……あっ……」

腰をひくつかせる。

「咥えてくれないか？　こっちに尻を向けて」

拒否されることを承知で水を向ける。

すると、蛍子は意外にもいやな仕種は見せずに、のろのろとした動作で反対を向き、浩市に尻を突き出すようにして、上になった。

下腹部のいきりたちを握って引き寄せながら、亀頭部に舌を走らせて、

「さっきも感じたけど、オマ×コの匂いがするわ。奈津子さんの匂いね……臭いわ。女臭い……」

憎々しげに言いながらも、ぐっと前に身体を乗り出して、屹立に唇をかぶせてくる。

ゆったりと唇をすべらせ、いったん吐き出して、根元を右手で握り、ぎゅっ、ぎゅっとしごく。

それから、「ぁああ、ぁああ」と声を洩らしながら、亀頭部にちろちろと舌を走らせる。

浩市が引き締まった尻たぶの底に貪りつくと、

「あんっ……！」

悲鳴のような声をあげたが、すぐに肉棹に唇をかぶせて、情熱的にしごきだす。

浩市には、蛍子の正体がさっぱりつかめない。だが、その秘密めいた小悪魔のような女に、欲情してしまっている。

蛍子は口が小さいからだろうか、そのフェラチオは適度な圧迫感があって、心地よい。今、唇がどこをすべっているのかもはっきりとわかる。

湧きあがる快感をこらえて、波打ったような肉びらを頬張って、口に吸い込むと、

「んんんっ……」

蛍子は呻きながらも肉棹から口を離そうとはせずに、負けじとばかりに大きく顔を打ち振る。

「おお、くっ……」

うねりあがる快感に、浩市はクンニができなくなる。

すると、蛍子は顔をS字を描くように振って、肉棹を追い込もうとする。

台形に開いた左右の長い太腿の向こうに、下を向いた乳房と、肉茎を咥える蛍子の顎と唇が見えた。

「んっ、んっ、んっ……」

蛍子が〇の字に開いた唇をつづけざまにすべらせる。

気持ち良すぎた。ひろがる愉悦に身を任せるしかなかった。

と、隣室から奈津子の喘ぎ声が聞こえてきた。

『ぁああ、ぁああうぅ……もう、やめて……ああ、そこ……あんっ、あんっ、ぁんっ……』

隣室に浩市がいることを知りながら、奈津子は夫に攻められて、しどけない声をあげている。

嫉妬に似た熱い情動がうねりあがってきて、それが浩市を攻撃的にさせた。

がばっと顔を埋め込んで、蛍子のしとどに濡れた恥肉を舐めた。

ジュルルッと蜜を吸い、唾液とともに狭間になすりつけていく。

下方の陰核を指で剝き、珊瑚色の小さな真珠を舌で横に弾くと、

「くうぅぅ……！」

蛍子が肉棹から顔をあげて、喘いだ。

それから、くるりと身体の向きを変えて、向かい合う形で下半身にまたがってくる。

唾液でぬめるものを裂唇に導いて、ゆっくりと沈み込んできた。

切っ先がとば口を割り、狭い肉路を押し広げるように嵌まり込むと、

「くうぅぅ……」

蛍子は上体を真っ直ぐにして、低く呻いた。

それから、欲望に衝き動かされるように、腰を前後に打ち振った。

ギシッ、ギシッとベッドが軋み、隣室に聞こえるのをおそれたのか、急に動きを止めた。

だが、隣室から漏れてくる、男と女の情事の声を聞いて、大丈夫と判断したのだろう。我慢できないとでもいうように、また腰を振りはじめた。

「ぁああ、ああ……気持ちいい」

うっとりとして言い、こうすれば感じるとでもいうように角度を変えて、腰を揺らめかす。

ショートヘアが似合うボーイッシュな顔を上げたり、下げたりしている。

くっきりとした眉の間をひろげて、陶酔した表情を浮かべながら、くいっ、くいっと貪欲に腰を振って、恥毛を擦りつけてくる。

自分の欲望に素直なのだと思った。

警察に追われている男に、スリルのようなものを感じて、欲情したのも事実なのだろう。普通はそれを抑えるものだが、この女は欲望に忠実なのだ。

両親が離婚して、離ればなれに暮らしているのも、ひとつの原因なのだろうか。そのへんはよくわからない。

だが、こういう女も悪くはない。

「こっちに」

言うと、蛍子が前に倒れて、身体を合わせてくる。

弾力のある乳房が押しつけられるのを感じながら、浩市は腰と尻をがっちりと引き寄せて、腰を突きあげた。

勃起が斜め上方に向かって膣肉を擦りあげ、

「んっ……んっ……」

蛍子は洩れそうになる声を、浩市の肩に顔を埋めて、押しとどめた。

「気持ちいいか?」

「うん……」

つづけざまに擦りあげると、

「ぁあああ……」

蛍子は喘ぎを噴きあげ、それをこらえようとしたのか、肩に齧《かじ》りついてきた。

「くっ……！」

肩に突き刺されるような痛みを覚えて、浩市は動きを止めた。

「痛いよ。噛むのは勘弁してくれ」

「少しくらい、我慢しなさいよ……突いて、お願い」

噛むなよと祈りながら、また腰をせりあげた。ずんっ、ずんっと突きあげると、

「あっ……あっ……あうぅぅぅ」

蛍子がふたたび肩を噛んできた。だが、多少は加減しているのか、我慢できないほどの痛さではない。

「ぐっ、ぐぐっ……」

蛍子はなおも肩に齧りつきながら、しがみついてくる。

だが、ギシッ、ギシッとベッドが大きな音を立てて軋むので、浩市は突きあげをやめた。

2

「ああ、もう少しだったのに……」

蛍子が浩市をにらむ。

「音がしすぎる。ベッドではダメだ」

浩市はベッドを降りて、蛍子を導き、出窓の下の板につかまらせた。

腰を後ろに突き出させて、真後ろでしゃがんだ。

ぷりっと引き締まった双臀の底で、わずかに口をのぞかせている女の秘部を舐めた。踏み荒らされた花苑に丹念に舌を走らせると、

「ぁああ、ぁあああ……いいよぉ」

蛍子が心底から感じているという声をあげて、くなり、くなりと腰を揺らめかせる。

隣室の壁から遠くなったので、声を出してはいけないというプレッシャーから解放されたのだろう。物欲しそうに腰を揺すって、

「ああん、欲しいよ。あんたのチンコが欲しいよぉ」

甘えたように言う。

「どうしようもない女だな。俺は指名手配犯だぞ」

「だから、いいんじゃないの。ねえ、入れてよぉ」

媚びを含んだ声を出して、ぐいぐいと尻を突き出してくる。

(どうしようもない女だ。だが、魅力的だ)

浩市は立ちあがって、尻を引き寄せ、押し入った。奈津子より狭くて、緊縮力の強い肉路が勃起を包み込んできて、

「ぁああ……」

蛍子が顔を撥ねあげる。

内部のうねるような肉襞のうごめきに誘われて、腰を叩きつけた。パン、パン、パンと乾いた音がして、

「うっ……うっ……」

蛍子が出窓の板をつかむ手に力を込めた。

ふと見ると、レースカーテンを通して、満天の星空が見える。月も中空にかかって、青白い光を浩市に向かって降り注いでくる。

(まったく、俺は何をしているんだ?)

だが、そう思ったのも束の間で、蛍子の喘ぎ声のなかにかき消されていく。

浩市は前に屈んで、乳房をつかみ、揉みしだいた。柔らかく張りつめた若い乳房が手のひらのなかでたわむ。頂上の硬いところに指が触れると、

「ぁああ、いいのぉ」

蛍子が声をあげる。

「そうか、ここが感じるのか？　どうだ、こうか？」

しこりきった小さな突起を指に挟んで、転がした。

「ああ、そうよ……そう……そのまま突いて！」

浩市は両方の乳首をこねながら、女体を抱え込むようにして、腰を突き出していく。

尻の弾力が気持ちいい。熱い肉路も波打つようにからみついてくる。

強く腰を叩きつけると、蛍子の気配が切羽詰まってきた。

「あん、あん、あん……いい……いい……イクわ。イきそう」

「そうら、イケよ。そうら」

乳首をぎゅっとつまんで、腰を突きあげると、

「くっ……！」

蛍子は鋭く呻き、のけぞった。

それから、がくがくっと床に崩れ落ちる。

はぁ、はぁ、はぁ……。

肩で息をしながらも、蛍子は床にうつ伏せに倒れている。

だが、浩市はまだ射精していない。

美しい背中とぷりっとした尻を見せて床に横たわっているその姿が、浩市を煽り立ててくる。

蛍子を仰向かせて、膝をすくいあげた。

突入すると、どろどろに蕩けた内部が硬直にからみついてきて、

「ぁあああうぅぅ」

蛍子が顔をのけぞらせた。

浩市がつづけざまに腰を躍らせると、

「信じられない……信じられれ……あうぅぅぅ」

途中で言葉を切って、蛍子は両手でフローリングの床を搔きむしった。

「キスして、お願い……」

蛍子が顔を持ちあげて、哀切な目で訴えてきた。

浩市は膝を離して覆いかぶさり、ブラウンの短い髪を撫でながら、唇を奪った。

小さいが弾力のある唇を吸い、舐め、舌を差し込むと、蛍子も舌をからめてくる。浩市の頭をかき抱き、M字に開いた足で浩市の腰を挟みつけてくる。

キスを終えて、乳房を揉みしだきながら、腰をつかうと、

「ぁああ、ああ……たまらない。たまらないのよぉ」

ショートヘアの似合う、ととのいすぎた顔を右に左に打ち振る。

浩市は上体をあげ、蛍子の腰を持ちあげて、ブリッジした姿勢で屹立を叩き込んだ。

「いい……いいよぉ」

打ち込むたびに、形のいい乳房をぶるんぶるんと揺らしながら、蛍子は両手を頭上に放りあげるような姿勢で身悶えをする。

浩市はあげていた腰をおろし、蛍子の足をつかんで横に持っていく。

両足を真横にさせ、身体が腰から直角に曲がっている体位で、ぐいぐいと屹立を押し込む。

この姿勢だと邪魔するものがなく、思う存分に屹立を差し込むことができる。

「ぁああ、こんなの初めて……へんなところを突いてくるの。チンコが横を突いてくるの……ぁああ、はうぅぅ」

蛍子が半身になって、浩市を見る。

「もっとだ。もっと気持ちよくしてやる」

浩市は上になっているほうの足をつかんで、持ちあげた。

半身になって足を開かされた蛍子の体内を、ぐいぐいと突いた。

「ぁああ、ぁああ……。許して、もう、許して」

「許さない。きみのほうから、せがんできたんだぞ」

「……すごすぎる。すごすぎるよぉ……んっ、んっ、んっ……」

蛍子はされるがままに身体を揺らし、顔を右左に振り、手をどこに置いていいのかわからないといった様子で、彷徨《さまよ》わせる。

セックスする前は居丈高で突っ張っていた十九歳の女が、今はか弱い女の声をあげ、許して、と哀願してくる。

開いたカーテンの隙間から射し込んだ月の淡い光が、蛍子の裸身に一条の明かりを落として、妖しいまでに色っぽかった。

「ああ、イクわ。また、イク……イカせて」

浩市はぴたりと腰の動きを止めて、言い聞かせる。

「俺のことは黙っていてくれよ。約束してくれ」

「わかったわ。言わない。誰にも言わない……だから、ああん……」

蛍子がせがむように尻を前後に揺する。

「よし、イクぞ」

「ああ、欲しい。欲しいよぉ」

「そうら」

浩市はその姿勢で激しく腰をつかった。

暴発寸前の肉棹が蛍子の窮屈な体内をずりゅっ、ずりゅっと擦りあげ、深いところにも届いて、

「あっ……あっ……あっ……イク、イッちゃう……」

蛍子が顎を突きあげて、のけぞった。

駄目押しとばかりに叩き込むと、蛍子はさらに反りかえって、

「イクぅ……」

声を絞り出して、がくん、がくんと躍りあがった。

「おおぅ、おおぅ」

低く吼えながら、浩市は腰をつかい、熱いものが込みあげてきた瞬間に、引き抜いた。

白濁した精液が迸って、蛍子の伸びやかな裸身にかかった。

蛍子は肌を汚されながらも、

「あっ……あっ……」

まるでそれが快感なのとばかりに、絶頂の痙攣をする。

浩市が肉茎を抜き取っても、蛍子はもう身動きできない様子で、ぐったりと気絶したように床に横たわっている。

隣室に聞き耳を立てたが、二人もセックスを終えたのだろう、シーンと静まり返っている。

浩市はティッシュで、白濁液を拭いてやる。

しばらくして、蛍子はのろのろと立ちあがり、ワンピース形のナイティを身につける。それから、浩市を恥ずかしそうに見て、言った。

「あたしも言わないから、このことは内緒にして」

「ああ、二人だけの秘密だ」

「心配しないで。通報はしないから」

「ありがとう」

「じゃあ、行くね。お休みなさい」

入ってきたときとは打って変わってかわいく言い、蛍子は足音を忍ばせて、ドアを開けて、廊下に出ていく。

浩市は隣室で動きがないことを確認して、ベッドにごろんと横になった。

（大丈夫だろうか？　蛍子はほんとうに通報しないでくれるだろうか？）

蛍子を完全には信用できなかった。

だが、しばらくして、猛烈な睡魔が不安感を押し流し、浩市は深い眠りに落ちていった。

第六章　最後の契り

1

　どのくらい眠ったのだろう、浩市は物音で目を覚ました。ハッとして体を起こすと、奈津子がドアから足音を忍ばせて、入ってくるところだった。

　すでに、朝日が昇ったようで、カーテンの隙間から入り込んだ朝の陽光で、部屋は明るくなっている。

　浩市がベッドの端に腰をおろすと、カーディガンにスカートという普段着の奈津子が近づいてきた。

　つづけて男に抱かれているせいだろうか、三十三歳の熟れかけた身体から、倦怠感をともなった何とも言えない色っぽさが滲みでてしまっている。

「よかったわ。見つからなくて……あと三十分ほどで朝食にします。朝食を摂ったら、二人は帰ります」

「そうか……」

浩市はまともに顔を合わせられない。

まさか、昨夜、蛍子がここに来て、逆レイプ同然に身体を合わせたなど、奈津子は思いも寄らないだろう。

「どうしたの、何かあった？」

「いや、ちょっと疲れただけだ」

「……ニュースでやってたけど、まだ警戒はつづいているみたいなの。もう少し隠れていたほうがいいわ」

奈津子の浩市を見る目には、そうしてほしいという希望が見え隠れする。

「考えておくよ。あまり迷惑をかけたくないし……そろそろ出たほうがいいかなとも考えてるんだ」

奈津子の表情が曇った。やはり、浩市にもっと長くこの家にいてほしいのだろう。

だが、蛍子はこの家に指名手配犯がいることを知っている。昨夜、通報しないという約束をしてくれたが、どう見ても気ままな女だ。気が変わらないとも限らない。

「二人が家を出たら、知らせに来ます」

「ありがとう。きみには感謝してる」

抱きしめると、奈津子も胸に顔を埋めて言った。

「朝のシャワーを浴びてきたのよ」

おそらく、これで昨夜の夫とのセックスの残滓《ざんし》は洗い落としたということを言いたいのだろう。

「そうか……大丈夫だ。気にしていないから」

浩市がキスをすると、奈津子もそれに応えて情熱的に唇を重ねてくる。

舌をからめるそのキスの仕方も、最初と較べて、随分と上手くなった。湧きあがる感情をキスに籠められるようになった。

「ダメっ……これ以上は」

奈津子は浩市を突き放して、踵を返し、部屋を出ていく。

しばらくして人が起き出す物音がして、廊下を歩く音や会段を昇り降りする足音が聞こえ、階下から話し声や笑い声が聞こえてきた。

その間も、浩市の心は一時も休まることがない。

蛍子の気が変わって、ぽろりと自分のことを話してしまわないか、と気が気でないのだ。

やがて、二人が乗った車のエンジンがかかる音がして、そのエンジン音が遠ざかっていった。

一安心したところで、タンタンタンと階段を駆けあがる音がして、

「行ったよ！」

ドアが開いて、友基が駆け寄ってきた。

「ああ、よかったよ。見つからなくて」

友基は蛍子に『オジちゃん』のことを話してしまった。だが、それもしょうがないことだ。まだ子供なのだから。

「ねえ、下に行こ。朝御飯食べてないでしょ？」

「ああ、腹ぺこだよ」

友基に手を引かれて階下に降りていくと、ダイニングテーブルに朝食が用意してあった。

「おはよう」

キッチンで食器を洗っている奈津子に声をかけると、

「おはようございます」

エプロンをした奈津子が振り返って、作った微笑を口許に浮かべた。

「朝食、用意したから食べてください。たいしたものじゃないけど」

テーブルには、目玉焼きとサラダとフランスパン。淹れたてだろうコーヒーが湯気とともに、芳ばしい焙煎豆の香りを運んでくる。

「ありがとう。いただきます」

何の変哲もない朝食だが、ひとつひとつ味わって食べる。

奈津子の作った食事を摂るのも、これで最後になるだろう。

「オジちゃん、ボク、これからスイミングクラブに行かなくちゃいけないんだ。二時間くらいで帰ってくるけど、それまで、いるよね？」

「……ああ」

「よかった。帰ってきたら、またゲームしようね」

「そうだな」

嘘はつきたくなかったが、仕方がない。

しばらくすると、スイミングクラブのマイクロバスが迎えにきた。

「オジちゃんのこと、誰にも言っちゃダメよ。他の人が知っても、へんな目で見られるからね。わかった？」

奈津子に言われて、

「ああ……あの……」

友基が口ごもった。

昨夜、蛍子に話してしまったことが頭にあって、それを打ち明けるべきかどうか悩んでいるのだろう。

「なあに？」

「ううん、いいんだ。オジちゃんのこと言わないから……じゃあ、行ってきます。オジちゃん、待っててね」

友基が勢いよく玄関を飛び出していく。

浩市は友基がマイクロバスに乗り込むのを隠れて見届けると、奈津子を真っ直ぐに見て言った。

「行くよ」

「でも、今出たら、見つかって捕まっちゃう」

「スイミングクラブで友基が逃亡犯のことを聞くかもしれない。友基が『オジちゃん』のことを人に話す可能性もある」

ほんとうは、蛍子が通報することが一番心配なのだが、それは言わないほうがいいという気がした。

「……行かないで。行ってはいや」

「もう行かないと」

「捕まるわ」

「夜になるまで、目立たないところに隠れて、夜になったら動く。心配ないさ」

「……いやよ、行かないで」

奈津子がぎゅっとしがみついてきた。

自分は奈津子に愛されている。そして、自分も奈津子を……。

だが、それは絶対に許されない関係だった。

「あなたには家庭がある。友基もいる。それに、俺も真犯人をさがさなきゃいけない。たとえ、捕まっても、ここのことはいっさい言わないから、安心してくれ。これまで、ありがとう」

浩市は奈津子をもう一度、胸のなかに抱きしめた。

と、奈津子が顔をあげて言った。

「わかりました。でも、最後に……」

「何?」

「もう一度わたしを抱いて……あなたのすべてを身体で覚えておきたい。お願い、もう一度……」

奈津子が哀願するように言って、見あげてくる。

なるべく早くここを出たほうがいい。これは死活問題だ。だが、奈津子の息づかいを感じると、理性が蕩けていき、強い欲望がうねりあがってくる。

「わかった」

答えると、奈津子はうれしそうにしがみついてきた。

2

二階の夫婦の寝室に、二人は生まれたままの姿でいた。何もつけずに、何も隠さないで、すべてをさらして、最後のセックスに臨みたかった。

レースのカーテンから射し込んだ木漏れ日が、奈津子の均整が取れているが、女のまろやかさを持つ白い裸身に光の模様を描いている。

「いいのか、ここで?」

「はい……この部屋にあなたとの記憶を残しておきたい。たとえ夫に抱かれていても、わたしはあなたのことを思い出す。昨夜だって、夫を相手にしながら、あなたのことばかり思っていた」

「そうか……」

昨夜、奈津子の激しい喘ぎを聞いたときに抱いた、相手は誰でもいいのではないか、という疑惑が消えて、奈津子への熱い思いが湧きあがってくる。

浩市はしなやかな肢体を抱きしめて、キスをしながら、ベッドに押し倒した。上になって、奈津子の両手を押さえつけ、上から顔を見た。

黒髪を扇状に散らした奈津子は、潤んだ瞳で浩市を見あげてくる。

アーモンド形の目がすでに涙ぐんだように濡れていて、奈津子のこの最後のセックスに対する思いがひしひしと伝わってくる。

「右手で左手首を握って。絶対に離すなよ」

「はい……」

奈津子は言われたように、頭上で手を繋ぐ。その間も、じっと浩市を見あげて、目を離そうとしない。

その怯えたような、すがるような目がたまらなかった。

浩市は繊細なラインを描く首すじにキスをし、肩へとキスをおろしながら、奈津子の肉体をしっかりと脳裏に刻み込む。

この身体を二度と抱くことはないだろう。

待てよ。もしかしたら、これが自分にとって、人生最後のセックスになる可能性だってある——。

今回は例外だったが、逃亡の間は女を抱く余裕はないだろう。警察に捕まったとしても、有罪が確定したら、長い期間、塀の外には出られない。

それに思い至ったとき、女体をとことん味わいたいという男の欲望が体奥から衝きあがってきた。

浩市は本能の命じるままに、たわわな乳房に貪りつき、豊かな弾力を味わい、そして、乳首にしゃぶりついた。

これが最後なのだ——。

自分が荒々しくなっていくのがわかる。

豊かな肉層に指を食い込ませ、くびりでてきた乳首を吸い、貪るように頬張り、舐めると、

「んんっ……ぁああ、ぁあああ……いい。奥村さんが好きなの。だから……はうぅぅ」

奈津子は顎を突きあげる。身をよじり、もたらされる悦びを全身であらわしながらも、奈津子は腕を決しておろそうとはせずに、頭上で繋いでいる。

そんな奈津子に愛しさを感じながらも、浩市は乳首をしゃぶり、手をおろして、繊毛の奥をまさぐる。

と、そこはすでに洪水状態でしとどな蜜をあふれさせ、指にぬるぬるとまとわりついてくる。

「いっぱい濡れているぞ」

「自分でもわかるの。あなたを感じただけで、濡れてしまう」

奈津子が下から、恥じらいながら見つめてくる。

俺がいなくなったら、どうするんだ――という言葉を呑み込んで、浩市は足のほうにまわり、奈津子の腰を持ちあげる。

両足をハの字に開かせると、尻たぶの間の女の苑があらわになった。

「ああ、この格好、いや……」

奈津子が恥ずかしそうに顔をそむける。

すでに全体がぬめ光る女陰は、ぷっくりとした陰唇がせめぎ合うようにして膣を護っている。

そこに舌を這わせると、陰唇がスローモーションフィルムでも見ているようにゆっくりとひろがって、内部の赤みがぬっと現れる。

ほぼ上を向く女陰は透明な蜜をあふれさせて、幾重にも入り組んだ肉襞が妖しいほどに光りながら、ひくっ、ひくっと収縮を繰り返す。

(何て卑猥でいやらしい。このグロテスクな生き物が、男を狂わせる)

自分が殺しの罪を着せられている部長も、浩市の女房にとち狂って、人生を誤った。

そして、浩市も今、危険を承知で奈津子を抱いている。

男という生き物は、何て滑稽で愚かなのだろう。

だが、欲望は理性に勝る。それは否定できない。

浩市がそぼ濡れた亀裂をぬるっと舐めると、

「あっ……あっ……はうぅぅん」

奈津子は抑えきれない声をあげて、腰を揺らめかせる。

浩市は右手の指を舐めて唾液で湿らせ、二本の指を膣口に押し込んだ。熱い滾《たぎ》りがきゅ、きゅっと指を締めつけてきて、

「ぁああんっ……」

奈津子が顎をせりあげる。

「気持ちいいか?」

指を出し入れすると、ぐちゅぐちゅと音がして、

「はい……はい……あうぅぅ」

奈津子が足の親指をぎゅうと反らせる。

こんな恥ずかしい格好を取らされても、奈津子は感じる。いや、この屈辱的な体位だからこそ、いっそう燃えるのだ。

押さえつけながら、指を抜き差しすると、葛湯《くずゆ》のように白い蜜がすくいだされて、手のひらを濡らす。

あふれだした蜜が生い茂った恥毛にも、会陰部にもしたたって、ぬらぬらと光っている。

そして、奈津子は左右の足指を内側に折り曲げたり、反らせたりして、

「ぁああ、ぁあああぁ……許して……」

今にも泣き出さんばかりに眉根を寄せている。

浩市はどんどんサディスティックになっていく。

最初からそうだったわけではない。奈津子がその痴態によって、男のなかに潜むサディズムを掻きだすのだ。

浩市は足を離して、奈津子をベッドに座らせた。

両手を引っ張りあげて、奈津子を無防備な状態にし、その口許にいきりたつものを押しつけた。

「しゃぶりなさい」

言うと、奈津子はちらりと浩市を見あげ、それから目を伏せて、斜め上方を向く屹立に唇をかぶせてくる。

途中まで頬張って肩で息をしていたが、やがて、ゆっくりと顔を振って、唇をすべらせる。

いったん吐き出し、蛇のような舌を出して、亀頭部にちろちろと躍らせる。

両手を引きあげられたまま、顔を横向けて、側面を舐め、また反対側を同じように舌でなぞる。

いきりたつものの裏側を舐めようとして、それが撥ねて逃げると、追っていき、顔を上に向かせて、裏側を舌でなぞりあげる。

舌が乾いてくると、引っ込めて口のなかで唾液をまぶし、ふたたび、屹立に舌をからませる。

その愛玩物をかわいがるような、愛おしくてならないといった所作と表情が、浩市の男のプライドを満たしてくれる。

「咥えてくれ」

命じると、奈津子は上から唇をかぶせ、顔を打ち振って、ずりゅっ、ずりゅっとしごいてくる。

柔らかな唇と適度な圧迫感、そこに、なめらかな舌が加わって、分身がますますギンとしてくる。

「んっ、んっ、んっ……」

激しく唇を往復させて、追い込もうとする。

頬を窪ませて、勃起に奉仕をするそのけなげな姿を、レースのカーテンから射し込んだ光が照らしている。

「咥えたままだぞ。顔を逃がすな」

そう言って、浩市は腰を前後に振る。

「ぐふっ、ぐふっ……」

奈津子が噎せて、頬が空気でふくらんだ。

だが、両手を頭上に引っ張りあげられているので、逃げることはできない。

「しっかり、咥えて」

叱咤して、また腰を打ち振った。

自分でも誇らしいほどに怒張して血管の浮き出た肉棹が、奈津子の口腔を犯し、その優美な顔を苦しそうにゆがめながらも、奈津子は必死にそれを頬張っている。肩、胸、背中にかかった黒髪が乱れる様子が、日本画に描かれた美人画のような官能美をいっそう際立たせる。

「こっちを見て」

奈津子が頬張ったまま、上目遣いに見あげてくる。

「目を逸らすな」

そう言って、浩市は強く腰を振る。

おぞましいほどの怒張が奈津子の上品な口を行き来し、唾液が涎となって、口角からあふれて、顎へと伝い落ちる。

それでも、奈津子は必死に浩市を見あげ、鼻で息をし、自分を凌辱するものを咥えつづけている。

3

ベッドに仰向けになった奈津子の膝をすくいあげて、浩市はいきりたつものを打ち込んでいった。

勃起が女の坩堝を深々とうがつと、

「ぁああっ……」

奈津子は両手を頭上にあげたまま、大きくのけぞった。

「あっ……あっ……あっ……」

繋がっただけで達したのか、顎をせりあげて、がくん、がくんと肢体を痙攣させる。

最初に貫いて昇りつめたとき、奈津子は後で膣に挿入されて初めてイッたというようなことを言った。それが、今は膣に打ち込んだだけで気を遣る。

浩市は自分がひとりの人妻の性を花開かせたことに、男としての悦びを感じる。だからこそ、奈津子に執着してしまって、危険を承知で二日もここに留まってしまった。

しかし、それももう終わりだ。

最後だからこそ、二人が永久に忘れられないような愛の交歓をしたい。

覆いかぶさっていき、唇を奪った。

舌をからめながら、腰を動かすと、奈津子も両手を浩市の首の後ろにまわして、しがみついてくる。

腕を頭上で繋いでいるよう命じられたことを忘れてしまっているようだが、それをいまさら叱責しても仕方がない。それよりも、最後なのだから、奈津子のしたいようにさせよう。

浩市はキスをやめて、奈津子を上から見た。

「口を開けて」

「……はい」

奈津子が品のいい口をいっぱいにひろげる。

浩市は口のなかを唾液で満たして、それを押し出した。

ツーッと唾液が糸を引き、奈津子の口の真ん中に落ちていく。すると、奈津子は口を開けたまま、こくっと喉を鳴らす。

浩市はまた唾液を垂らす。

奈津子がふたたびそれをこくっと嚥下する。

それを何度か繰り返して、浩市は唇を寄せて、舌で口腔をまさぐる。口蓋を舐めあげ、歯列の裏側に舌を這わせ、そして、唇を貪り吸う。

顔をあげて、腕立て伏せの形で腰を躍らせた。

屹立が蕩けたような膣肉をうがち、擦りあげて、

「あっ……あっ……」

奈津子は声をあげながらも、じっと浩市を見あげている。潤んだ瞳がきらきら光り、打ち込むたびに目が細められる。

目の光がぼぅと霞んできて、ついには目を閉じた。

「ぁああ、ぁああ……いい……いい」

奈津子は浩市の両腕を握りしめて、顔をのけぞらせる。尖った顎を突きあげ、悩ましいラインを描く首すじをさらけだす。

いい女だ。こんないい女を邪険に扱って、他に女を作るような亭主は女の善し悪しがわかっていないのだろう。

自分がこの女の夫だったら、とことん愛し抜くだろうに。

浩市は上体をあげて、細腰に両手をまわした。ぐいと引きあげながら、自分は座る。

途中から自力で起きあがってきた奈津子は、浩市の肩に手を置いて、とろんとした目を向ける。

目の前でところどころピンクに染まった乳房が、見事なスロープを見せている。吸ってほしいと、尖った乳首が訴えてくる。

突起にしゃぶりついた。

赤ん坊のように吸いつき、腰にまわした手で動きをうながすと、奈津子は自分から腰を揺すって、

「ぁああ、いい……いいの」

ほとんど泣いているような声をあげて、眉をハの字に折り曲げる。

浩市は腰を引き寄せながら、乳房に貪りつき、そして、乳首を舌で撥ねあげてやる。

カチカチにしこりきった、セピア色にピンクをまぶしたような突起が上下に揺れ動いて、感じるのだろう、奈津子はしがみついて、ますます激しく腰を打ち振る。

勃起の先が奥のほうのふくらみを突き、擦りあげているのがわかる。

奈津子が自分から腰をつかう姿をもっと見たくなった。

浩市は後ろに倒れ、ベッドに背中をつける。

すると、奈津子は何かにせきたてられるように腰をつかった。

両手を浩市の胸に突いて、前屈みになり、腰から下をくい、くいっと前後に揺すり、

「ああ、恥ずかしい……見ないで。こんなわたしを見ないで……」

そう口走って、顔をそむける。

だが、腰から下は何かにとり憑《つ》かれたように、激しく前後左右に動く。

奈津子は女の欲望に駆られて、すべてを振り捨てたように腰を振りたくって、

「ぁああ、あああ……いいの。気持ちいいの……」

惚けたような顔をさらす。

「こっちに来い」

言うと、奈津子は身体を前に倒して、浩市にしがみついてくる。だが、腰はいまだに動きつづけ、くなりくなりと全身を揺すっている。

浩市は裸身を抱き寄せて、下から突きあげてやる。

猛りたつ肉棹が浩市の分身となって、奈津子の体内を擦りあげ、子宮にも届いて、

「うっ、うっ……ぁあああ、イッちゃう。イキます」

奈津子がぎゅうと抱きついてくる。

「イッていいんだぞ。奈津子、昇りつめろ」

浩市が息を詰めてつづけざまに腰をせりあげると、

「あんっ、あんっ、あんっ……イク、イキます……ぁあああぁぁぁぁぁ」

奈津子はさしせまった声をあげて、しがみついてくる。

ここぞとばかりに浩市がもうひと突きすると、

「くっ……！」

奈津子はのけぞりかえって、その姿勢で躍りあがった。

「あっ……あっ……」

背中を反らせながら、痙攣し、ばったりと倒れ込んでくる。

浩市はベッドに奈津子を這わせると、化粧台の引き出しに手を添えて、もう一度訊いた。

「ここにあるんだな？」

「はい……」

引き出しにしまってあったスキンを取り出して、化粧台に載っていた乳液の瓶をつかんだ。

封を切って、スキンを勃起にかぶせた。

それから、乳液を手のひらに溜め込んで、尻たぶの狭間できれいな放射状の皺を集めたアヌスに塗りつけていく。

と、そこで初めて自分が何をされるのかわかったのだろう、奈津子が首をねじ曲げて、浩市を見た。

「そこは、いや……」

「初めてなんだろ？」

奈津子が小さくうなずいた。

「だから、いいんじゃないか。俺は奈津子のアナルバージンをもらう。奈津子の初めての相手になる」

言い聞かせながら、セピア色の窄まりに乳液を塗りひろげる。

「怖いわ……」

「だけど、こうでもしないと、俺は奈津子に自分の爪痕を残せない。いいな？」

問うと、奈津子はややあって、こくんとうなずいた。

浩市はこれまで何度かアナルセックスの経験があった。だから、だいたいのやり方はわかっている。

ひくひくと恐れおののくように収縮する窄まりに、たっぷりの乳液を塗りつけ、括約筋を揉みほぐした。

「うっ……あっ……いや、ひっ……」

奈津子がびくっ、びくっと尻を震わせる。

ぬるぬるになったアヌスからこわばりが取れて、少しずつほぐれていくのがわかる。

浩市は最後に乳液をスキンの張りつく肉柱にも塗りつけて、切っ先をアヌスに押しつけた。

潤滑液がわりの乳液で、そこはぬるっとすべる。

「ああ、怖いわ……」

奈津子が腰を引いた。

「大丈夫だ。力を抜いて……」

くびれたウエストから急峻な角度でせりだしたヒップにも乳液が付いて、妖しい光沢を放ち、それが浩市をかきたてる。

スキンをかぶせた亀頭部を、皺の集まっている箇所に押しつけて、ゆっくりと腰を突き出していく。

ぬるっとすべって、切っ先が外れた。

もう一度——。

さっきは上に逃げたから、上から肉棹を押さえつけてねじり込もうとすると、今度は、奈津子が腰を逃がした。

その腰を引き寄せて、スキンが張りつく亀頭部を慎重に埋め込んでいく。

と、切っ先が窪地に嵌まり込む感触があって、

「くうぅぅ……！」

奈津子が歯をくいしばった。

「力を抜いて」

奈津子は声も出せない様子で、小さくうなずく。

皺を集めた窄まりが、奈津子が息をするたびに開いたり、閉じたりする。

開く瞬間を見計らってさらに腰を進めると、分身が狭隘《きょうあい》なところをぐっと押し広げるような強い感触があって、

「うぁああ……」

奈津子が痛切に呻く。

（ああ、入った……！）

スキンをかぶせた肉棹が半分ほど体内に姿を消し、括約筋がぎゅっ、ぎゅっと締めつけてくる。

その圧力を押し退けるようにしてさらに腰を進めると、硬直がほぼ根元まで埋まり込んだ。

すると、括約筋が締められなくなったのか、入口の圧迫感が薄れて、代わりに全体が柔らかく締まってくる。

「入ったぞ。これで、奈津子は俺のものになった。そうだな？」

「はい……奈津子は、奈津子は、奥村さんのもの……うれしい」

悦びのなかで、浩市は慎重に腰を動かした。

視線を落とすと、ハート形の尻の狭間に、ぬめ光る肉棹が出たり、入ったりする光景が目に飛びこんでくる。

ペニスが膣ではなく、排泄の孔に嵌まり込んでいるのが不思議であり、それが、普通の人がやらないことをしているという優越感のようなものをもたらす。

「くっ……くっ……」

と、奈津子は歯を食いしばって、シーツを持ちあがるほど握りしめている。

両腕を伸ばして四つん這いになっていたのに、いつの間にか、腕を曲げて姿勢を低くして、尻だけを持ちあげている。

そして、浩市のいきりたつ分身は尻の孔を深々とうがっている。

体を衝きあげるような欲望に背中を押されるように、抜き差しをする。

肉棹が体内に突き刺さり、奈津子は「ぁあ、くうぅぅ」と痛切に呻きながらも、浩市に身を任せている。

スキンを通してでさえ、内部の温かみを感じる。そして、扁桃腺のようなふくらみが肉棹にまったりとまとわりついてきて、浩市も高まる。

業火《ごうか》に焼かれるように、激しく腰を叩きつけたとき、

「くっ……！」

奈津子が横に倒れて、結合が外れた。

もう一度、奈津子と繋がって、そのなかで爆発したかった。

浩市は屹立する分身から、スキンをくるくるっと抜き取る。いまだそれはすさまじい勢いで猛りたっている。

ぐったりしている奈津子を仰向けにして、正面から膣に押し入った。

「ぁああ、いい……やっぱり、こっちがいい」

奈津子が生き返ったように、嬉々として見あげてくる。

浩市は両膝の裏をつかんで、足を開かせながら押さえつけて、ぐいぐいと叩き込んでいく。

上反りした硬直が膣の天井を擦りあげ、そのまま奥にまで届いて、

「ぁああ、あああああ……感じるの。すごく感じる……あんっ、あんっ、あんっ」

奈津子は華やいだ喘ぎを放って、顔をせりあげる。

「奈津子、これが最後だ。イクぞ」

「ぁああ、いやよ。もっと、もっとして！」

「ダメだ。これが最後だ」

浩市はすらりとした足を両肩に載せて、ぐっと前に屈む。

すると、奈津子の身体が鋭角に折れ曲がって、切っ先がいっそう深いところに突き刺さった。

「ああ、これ……！」

「つらいか？」

「いいの、つらくて……奈津子をメチャクチャにして。壊して」

「よし、メチャクチャにしてやる。そうら」

両手をベッドに突いて、上からのしかかるようにして体重を乗せた一撃を叩き込む。

「うっ、うっ……ぁあああ、イクわ……いやよ、イクのはいやよ」

「どうして？」

「終わってしまうもの」

「いつか終わりは来る。一緒に終わろう」

そう言って、浩市は上から打ちおろした。ぐさっ、ぐさっと硬直が女の坩堝をうがち、浩市にも射精前に感じる甘い疼きがせりあがってきた。

「奈津子、奈津子！」

「あっ、あっ、あっ……来て。最後はなかに出して……お願い！」

「いいのか？」

「はい……あなたが欲しい。ここに欲しい」

浩市は歯を食いしばって、打ち据えた。

「ぁああ、ぁあああ……イク、イク、イッちゃう……お願い、来て！」

「そうら、奈津子、イクぞ。出すぞ……おおおぉ」

吼えながら射精していた。

すると、奈津子も「イクっ」と呻いて、のけぞりかえった。

浩市もぴったりと下腹部を押しつけて、放出の歓喜に酔いしれる。魂まで吸い取られていくような強烈な射精だった。

そして、奈津子も精液をじかに浴びながら、絶頂に達したのだろう、がくん、がくんと躍りあがっている。

それは、現実を飛び越えて、どこか違う世界に連れていかれるような強烈なエクスタシーだった。

浩市は服をきて一階に降りた。奈津子も浩市にぴったりと寄り添っている。

「行くよ」

浩市は革ジャンをはおった。

奈津子は唇をぎゅっと嚙んで、浩市を見守っている。

と、そのとき、ピンポーンとインターフォンが呼び出し音を立てた。

ハッとして浩市は身構える。

奈津子がインターフォンを押すと、画像が出て、キャップをかぶった若い男がひとり立っていた。

「何でしょうか?」

奈津子が平静を装って、応答する。

「宅急便でーす」

男が元気良く声をかけてくる。

奈津子がどうしようという顔で、浩市を見た。

浩市は怪しいと感じたが、男は確かに宅急便の制服を着ている。

だが、念のために裏口に向かった。裏口の三和土に用意してあった靴を履く。

ここからなら、玄関の様子がわかる。隠れて、様子をうかがった。

奈津子が玄関のドアを開けた瞬間に、ドドドッと何人かが、土足で踏み込んできた。制服を着た警官と私服の刑事だった。

（やはり、警察だったか！）

脳裏に、蛍子の顔が浮かんだ。彼女が通報したに違いない。

とっさに裏口の扉を開けて、外に走り出した。

直後に、その足が止まった。

裏のほうも、ぐるっと警官たちに取り囲まれていた。十名以上の制服の警察官がこちらに向けて、銃を構えている。

とても逃げ切れない――。

浩市が両手を挙げると、警官が駆け寄ってきて、浩市を拘束した。

「奥村浩市だね？」

年取った私服の刑事に問われて、浩市は覚悟を決めて、「はい」と答えた。

4

一カ月後、浩市は奥村自動車整備工場で、車の下に潜り込んで、故障車を修理していた。

運命の荒波にもてあそばれたとしか言いようのない一カ月だった。

浩市は警察に捕まり、厳しい尋問を受けながらも、自分が無罪であることを頑として主張した。

その二日目に、犯人が自首をしてきた。

その真犯人は、奥村暁美、つまり、浩市の妻だった。

暁美は事件当日、浩市が家を出てから、タクシーで公園に先回りして、早めに呼び出しておいた大類隆幸を油断させておいて、後頭部をスパナで一撃して、死に至らしめた。

スパナは持って帰るつもりだったが、動転してしまって思わず投げ捨て、パニック状態で家に逃げ帰ったのだと言う。

つまり、浩市に罪をかぶせるつもりはなかったのだが、結果的にそうなってしまった。

暁美は夫に容疑がかかっていることを知り、何度も自首しようとした。だが、怖くてどうしてもできなかったのだと言う。

しかし、浩市が警察に捕まったのを知り、覚悟を決めて、自首したらしい。

浩市は驚いたが、暁美の気持ちは痛いほどにわかった。

暁美は大類と深夜まで会っていたあの夜、大類にレイプ同然に犯されたのだった。

さらに、大類は自分の愛する夫に対して、契約を打ち切るという暴挙をした。

それを聞いたとき、暁美は大類に殺意を抱いたらしい。

二人が警察署で顔を合わせたとき、暁美は真っ先に頭をさげてこう言った。

『ゴメンなさい。あなたを陥れるつもりはなかった……』

『わかってるよ』

『すぐに自首しなければと思いました……でも、怖くてできなかった。あなたを苦しめて済みませんでした』

暁美は深々と頭をさげた。

『いいんだ。謝るのはこっちのほうだ。暁美をあんな男につきあわせてしまった。工場より、お前のほうが大事だった。それを……ゴメン。あいつに強く出られなかった俺が悪い』

浩市も頭をさげると、暁美が胸のなかに飛び込んできた。

二人はしばらく抱き合った。

『大類がどういう男だったかは、俺が証言する。暁美は悪くないんだ。自分を責める必要はない』

耳元で言うと、暁美は涙ぐんだ。

これから裁判がはじまる。身内の証言がどれだけ採用されるかわからないが、暁美のために進んで証言台に立つつもりだ。

たとえ暁美の有罪が決まって、懲役刑になっても、浩市は暁美が出てくるのを待ちつづけるだろう。

あの一家――芦川家は一時、逃亡犯を匿ったことで騒然とし、また非難されたが、その相手が無実の罪を着せられていたことが判明し、騒ぎは急速におさまった。

その後、夫婦の関係がどうなったかは、情報が伝わってこないので、わからない。

浩市は自分を匿ってくれた芦川奈津子に心から感謝をしている。また、巻き込んでしまったことに謝罪をしたかった。あの期間に関しては、あれは二夜の狂おしい夢だった――。

そう思おうとしている。

だが、今も夜、ひとりになると、奈津子との爛れるような情事がよみがえってきて、身も心も悶々とする。

奈津子に会いたいという気持ちもあった。だが、それは絶対にしてはいけないことだった。

「山中《やまなか》さんが車検の車、取りにいらっしゃいました！」

若い整備工の声がして、浩市は車の下から這い出る。

お得意さんである、還暦を過ぎた山中喬司《たかし》が浩市に向かって頭をさげたので、

「もう、済んでいますよ。事務所のほうにどうぞ」

浩市は明るく言って、手に付いた機械油を拭きながら、今は誰もいない事務所に大股で向かった。

＊この作品は、書き下ろしです。また、文中に登場する団体、個人、行為などは実在のものとはいっさい関係ありません。

二見文庫

人妻《ひとづま》・奈津子《なつこ》　他人《たにん》の指《ゆび》で…

著者　霧原一輝《きりはらかずき》

発行所　株式会社 二見書房
東京都千代田区三崎町2-18-11
電話　03(3515)2311［営業］
03(3515)2313［編集］
振替　00170-4-2639

印刷　株式会社 堀内印刷所
製本　株式会社 村上製本所

ISBN978-4-576-15184-7
http://www.futami.co.jp/

二見文庫の既刊本

お色気PTA　ママたちは肉食系

KIRIHARA, Kazuki
霧原一輝

赴任二年目の新任教師・崇士は、小学校のＰＴＡを二分する派閥争いに巻き込まれることに。清楚な美人妻・慶子派とワイルドな社長夫人・珠実派——各陣営のお色気たっぷりな母親たちからさまざまな形で誘惑され、ＰＴＡ行事の議決に圧力をかけられるが……。豊満な肉体が行間で躍りまくる書き下ろし官能エンターテインメント！